春林流淌

陈思和
宋炳辉　主编

四川人民出版社

图书在版编目（CIP）数据

春林流淌/陈思和，宋炳辉主编．—成都：四川
人民出版社，2024.1
ISBN 978－7－220－13432－6

Ⅰ．①春… Ⅱ．①陈… ②宋… Ⅲ．①中国文学－现
代文学－作品综合集②中国文学－当代文学－作品综合集
Ⅳ．①I216.1

中国国家版本馆 CIP 数据核字（2023）第 154306 号

CHUNLIN LIUTANG

春林流淌

陈思和　　宋炳辉　主编

出 版 人	黄立新
选题策划	李淑云
责任编辑	李淑云
封面设计	叶　茂
内文设计	李其飞
责任校对	林　泉
责任印制	周　奇

出版发行	四川人民出版社（成都三色路 238 号）
网　　址	http://www.scpph.com
E-mail	scrmcbs@sina.com
新浪微博	@四川人民出版社
微信公众号	四川人民出版社
发行部业务电话	（028）86361653　86361656
防盗版举报电话	（028）86361653
照　　排	四川胜翔数码印务设计有限公司
印　　刷	成都兴怡包装装潢有限公司
成品尺寸	155mm×230mm
印　　张	13.25
字　　数	150 千
版　　次	2024 年 1 月第 1 版
印　　次	2024 年 1 月第 1 次印刷
书　　号	ISBN 978－7－220－13432－6
定　　价	69.00 元

编选说明

一、本书编选宗旨：站在新世纪回眸百年中国文学，以其艺术精品展示后人，为未来中国保留一份 20 世纪中国文学的"古文观止"。

二、本书编选性质：既为广大中文专业的本科和专科学生提供一部篇幅不大、内容精要、适合阅读学习的 20 世纪中国文学作品选，也为一般文学爱好者提供一部艺术性强，并且凝聚了现代中国知识分子美好精神境界的美文选，值得读者欣赏和珍藏。

三、本书编选范围：20 世纪文学中的优秀作品，以现代汉语创作为主，包括小说、诗歌、散文、戏剧。长篇小说和篇幅过长的中篇小说选取其最能体现作家艺术成就的精彩片段；但一般的中篇小说、短篇小说均收录全篇。篇幅过长的诗歌和多幕戏剧也采取选其精彩片段的方法。散文包括抒情性散文、议论性散文、杂文和其他相关文体，但不包括篇幅较大的报告文学和理论批评文章。一般不选入旧体诗词。

四、本书编选体例：其顺序为 [1] 篇名；[2] 作家简介；[3] 作品正文；[4] 作家的话；[5] 评论家的话。其中 [4] 选取作家本人有关的创作谈。如一时找不到的，则空缺。[5] 选取较权威的评论家已发表的对所选作品的批评或就作家整体风格的批评意见。通常选一到两则。如一时找不到的，由参与本书编辑工作的有关人员撰写，但不标"评论家的话"，而标"推荐者的话"，以示区别。

五、本书编选原则：本书强调感人的语言艺术和知识分子人格力量相融合的审美标准，强调真正的艺术创造是超越时间和空间限制而永存于世的文学观念，一般不考虑文学史的需要，不考虑思潮流派的代表性，也不考虑作家在现实社会中的地位和影响。

六、本书编选方式：本书所选作品，要求选其最好的版本。若有作家多次修改的作品，应在比较各种版本的基础上，以其艺术表现最成熟的版本为准，也会参考其他版本稍作修改。

七、本书编排顺序：基本按作品写作时间的前后排列，若无从考其写作年月，则以其初刊年月为准。相同作家的作品，也按其写作或发表时间的前后排列。

八、本书初版由复旦大学中文系现代文学教研室与中央广播电视大学等单位共同编辑，陈思和与李平担任主编，邓逸群与宋炳辉担任副主编，共同负责全书的策划、协调、审读、定稿等工作。参加工作的具体人员是：王东明、苏兴良、李平、钱旭初、韩鲁华、陈利群（主要负责小说编选）；李振声、张新颖、宋炳辉、梁永安（主要负责诗歌与散文作品的编选）；杨竞人、邓逸群（负责戏剧作品的编选）。另外，张业松也参加过部分工作。本书初版由上海学林出版社 1999 年出版。

本次修订，主要由宋炳辉负责，参与者有：郜元宝、张新颖、王光东、宋明炜、段怀清、金理等。陈思和最后审定。此次修订，对当代部分做了一些调整，新增了韩松、王小波、迟子建、阎连科等作家的相关篇目。

九、我们必须声明的是，这并不是十全十美的选本，更不是唯一的经典的选本，它只是一个能够比较自由地表达编者的文学审美观念的选本，希望读者能够从中获得人格的影响和美的熏陶。对于有些地区的作品（如香港、台湾地区等），因为资料的缺乏和信息的不敏，我们并无十分的把握，难免有遗珠之憾。"作家的话"和"评论家的话"两部分，因为不能翻阅所有的资料，肯定有许多选得不甚到位。我们希望读者能给以认真的批评和建议，以便以后再版时能有所修订增补，使其尽可能地接近于完美。

主编：陈思和　宋炳辉

目 录
CONTENTS

顾　城
一代人

顾城，北京人，1956 年出生。1969 年随家下放山东北部某农场。1974 年返回北京时，带回几盒在草窠中采集的昆虫标本和两册自写自编的诗集：一册自由体《无名的小花》，一册格律体《白云梦》，嗣后去街道服务所干活。1979 年起因诗作《远与近》《弧线》等引起争论。是"朦胧诗"代表性诗人之一。1993 年 10 月在新西兰杀妻后自杀。著有《舒婷顾城抒情诗选》《北岛顾城诗选》《黑眼睛》等诗集。身后出版有《英儿》（长篇小说）、《顾城诗全编》等。

黑夜给了我黑色的眼睛，

我却用它寻找光明。

1979 年 4 月

选自《顾城诗全编》（顾工编）

上海三联书店 1995 年 6 月

作家的话 ◇◇

　　对于我来说，美是一种状态，它足以使我感到这个世界的虚幻。因为美出现的时候，它太真实了。当一种美还没有被人发现，只被我独自看见时，我会有一种喜悦，有一种秘密感，也会有一种恐惧。我的恐惧是，面对美我有些自惭形秽，我怕走近美而破坏了美。我还有另外一种恐惧，我怕当我看见了一种美的时候，别人也看见了这种美，从而毁灭了这种美。

转引自张穗子：《无目的的我——顾城访谈录》

推荐者的话 ◇◇

　　《一代人》概括了生于逆境却始终不失信念的一代人异常复杂的心理经验和精神特征。黑夜和光明分别是专制、压抑和人道、人性两种生存状态的总体象征。黑眼睛，可理解为产生自黑夜、与黑夜有着同一色泽，却能断弃黑夜的一种积极力量。也可做出另一种读解：尽管拥有叛逆黑夜的意向，但由于所用的手段——黑眼睛是黑夜的派生物，它与目的——寻找光明之间存在着根本的背离，由此注定了一种困境，带有力图改变处境却又不得不受制于这一意欲改变的处境的悲剧意味。

李振声

舒 婷

◈ 双桅船

舒婷，1952 年出生于福建泉州，成长于厦门鼓浪屿。十七岁到闽西山区插队。1972 年回到厦门后做过各种各样的临时工。1971 年开始写诗，在知青中传抄。1979 年最初发表于《今天》的《致橡树》为《诗刊》转载，由此开始全国知名。1981 年调入福建省文联从事专业创作。后当选中国作协理事、作协福建分会副主席。是"朦胧诗"代表诗人之一，擅长抒写对生活敏感而略带矜持的内心世界，诗风情真意切、委婉优雅，因能在整体情绪上表达出特定年代青年人的复杂体验和思考，传诵颇广。著有诗集《双桅船》《会唱歌的鸢尾花》等。20 世纪 80 年代后期起兴致转向散文写作。

雾打湿了我的双翼

可风却不容我再迟疑

岸啊，心爱的岸

昨天刚刚和你告别

今天你又在这里

明天我们将在

另一个纬度相遇

是一场风暴、一盏灯

把我们联系在一起

是一场风暴、另一盏灯

使我们再分东西

不怕天涯海角

岂在朝朝夕夕

你在我的航程上

我在你的视线里

1979 年 8 月

选自《朦胧诗选》

春风文艺出版社 1986 年版

作家的话 ◈

　　敏感，依恋温情，不能忍受暴力，是人类的善良天性之一。善良造成痛苦，人间的痛苦形形色色，每一种痛苦都可能是一剂毒药，如果没有理想的太阳的高高的照耀，如果不是"为了不可抗拒的召唤"，人怎能有力量翻越这无穷尽的障碍奔向目标呢？

《以忧伤的明亮透彻沉默》

评论家的话 ◇

"爱"是她情感和意识中供养的神明。这个神明也曾经是许多浪漫主义诗人的神明，拜伦与雪莱都曾以最热烈的感情为它献上自己的祭果。当然，舒婷诗中的"爱"有它自己的特点，其基本特征是："当做一个正直的普通人都很不容易的时候，我不奢望当英雄"，不是英雄和骑士式的爱，而是普通人的自爱和爱人。正因为如此，她不满自己"袖手旁观生活"，真诚地表示"要回到人群里去"，在物质和精神生活走下坡路的年代，努力让自己的感情往高处跑去，并用诗去抚慰困倦的灵魂。也正是从这种普通人的爱人和自爱的思想感情出发，面对特定年代人们共同的匮乏，舒婷分外珍惜生活中的感情和友谊，本能地继承了中国诗歌的传统题材，写下了许多真挚隽永的赠答和送别诗章，这些诗脱离了骚人墨客的酬唱，有鲜明的时代色彩。

舒婷那些表现自爱和爱人的思想感情的作品，它们的美学价值在于：对于忧愁的心，它是温柔亲切的笑容；对于痛苦多于欢乐的生活，它是扶助人们进取和追求的手。诗人不是无可奈何地唱一个失血时代的挽歌，凭吊受伤的心灵，而是用理想观照现实，歌唱一代人的失落和追求，希望人能够按我们所向往的那样生活。她把视线的焦点投向人，关心人的权利、价值和尊严，不满人的现实处境，把人放在过在、现实和未来的关系中进行思考。

王光明：《一个诗人的里程》

张贤亮

邢老汉和狗的故事

张贤亮，祖籍江苏盱眙，1936 年出生于南京。抗战胜利后，在南京读中学。1955 年在北京中学毕业后，自愿去甘肃，在贺兰县农村当文书。1956 年调甘肃省干部文化学校当教员。1957 年因发表诗作《大风歌》被错划为右派。从此，劳动、管制、关押长达二十二年。其间曾下放到宁夏农场当农业工人，并曾有过流浪生活。1979 年获平反后重新发表作品。1980 年调宁夏回族自治区文联工作，当过编辑，后从事专业创作。出版有小说集《灵与肉》《肖尔布拉克》《感情的历程》，长篇小说《男人的风格》《习惯死亡》等。是当代最有争议也最重要的作家之一。作品多取材于自身经历的苦难生活，生命的挣扎和罪孽的省思，赋予作品强烈的悲剧气氛，沉实、厚重，耐人寻味。《灵与肉》《绿化树》《早安，朋友》《男人的一半是女人》等作品，或因观念、心态和视角，或因涉及的性描写，都曾引起广泛的争议。2014 年因肺癌晚期去世。

序

在韩美林的动物画展上，一幅狗的水粉画把我吸引住了。但与其说是画家用那传神的笔法点出柔和明亮而又略带调皮的眼睛，十足地表现了这条小狗温驯善良、机灵活泼的特点而令我赞赏，倒不如说是画家给这幅画的题名使我深有所感。画家把这幅画题为《患难小友》。我认为，这绝不是画家在故作玄虚，也不是虚构的人格化的动物形象，一定是画家对实有其狗的小友的纪念。果然，后来我听说，画家在患难中身边的确有过这位小友，而它最后竟死在"四人帮"爪牙的棒下。

"患难小友"！我想，当一个人已经不能在他的同类中寻求到友谊与关怀，而要把他的爱倾注到一条四足动物的身上时，他一定是经历了一段难言的痛苦和正在苦熬着不能忍受的孤独的。有些文学大师就曾经把孤独的人与狗之间的友谊作为题材写出过不朽的作品，譬如屠格涅夫和莫泊桑；而自然科学家布丰（Buffon）也曾用他优美的笔调对狗作过精彩的描述。据他说，狗是人类最早的朋友，又说，狗完全具有人类的感情和人类的道德观念。也许这说得有些过分，不过要是有人问我：你最喜欢什么动物？我还是要肯定地回答：狗！因为我自己就曾亲眼见过一条狗和一个孤独的老人建立的亲密友谊。

一

这条狗和农村里千千万万条狗一样；它并没有什么显著的特点，更不是一条名贵的纯种狗。这是一条黄色的土种公狗。也许，它的毛色要比别的狗光滑一些，身子要比别的狗壮实一些，但也从来没有演出过可以收入传奇故事里去的动人事迹。它的主人呢，也和农村里亿万农民一样，如果不是我在他所在的生产队劳动过，如果不是他和他的狗的特殊关系引起了我的兴趣，我也不可能注意到这样一个极其平常的农村老汉。这是一个约莫六十岁的孤单老人，个子不高不矮，背略有些驼，走起路来两手或是微向前伸，或是倒背在身后，总是带着一副匆忙而又庄重的神情；闲的时候呢，就一个人蹲在墙根下或是盘腿坐在炕上出神，嘴里噙着一杆长烟锅，吧嗒吧嗒地抽了一锅又一锅。他酱紫色的脸上虽然勾画着一道道皱纹，但这些皱纹都是顺着面部肌肉的纹理展开的，不像老年知识分子面部皱纹那样细密。他的眼睛不大，眼球也有些浑浊，不过有时也会闪出一点老年人富有经验的智慧。当然，他的头发和胡子都花白了，但并没有秃顶。总之，你只要一见到他，就能看出他虽然带有一般孤独者的那种抑郁寡欢的沉闷，但还是一位神智清楚，身体健壮的老汉。他在生产上是行行都通的多面手，有时种菜，有时赶车，有时喂牲口，生产队派他干什么就干什么，而且从不计较工分报酬。他一个人住一间狭小的土坯房。这间土坯房也是孤零零的，坐落在庄子的西头，门口有一棵孤零零的高大的白杨树。他房子里只有一铺炕和两个旧得发黑的木板箱，但收拾得倒很干净。除了一般性的贫穷之外，老人还有因为单身而形成的困难，"出门一把锁，进门一把火"就概括了他的生活了。然而，孤单的老人好像总有较强的生命力和免疫力，据我所知，他是从未害过病，也没有误过一天工的。

庄户人的狗是没有名字的，不管主人多喜欢它，狗还是叫"狗"；庄户人也很少被人称呼大号，不论大人、娃娃、干部、社员，都叫这个老人"邢老汉"。久而久之，老人的名字也在人们的记忆中消失了。邢老汉和他的狗是形影不离的伙伴，他赶车出差时也领着它，人坐在车辕上，狗就在车的前前后后跑着。如果见到什么它感兴趣的东西，它至多跑上前去嗅一嗅，然后打个喷嚏，又急忙地撵上大车。要是邢老汉在庄子附近干活，那么一到了收工的时候，狗也跟一群孩子跑出村去，孩子们欢天喜地地迎接他们的爸爸妈妈，把爸爸妈妈的铁锹或锄头抢下来扛在肩上，而狗见了邢老汉就一下子扑上去，舔他的脸，舔他的手，两只耳朵紧紧地贴在头上，尾巴摇摆得连腰肢都扭动起来。

这条狗对主人的感情是真诚的，因为邢老汉一年才分得二三百斤带皮的粮食，搭上一些菜也只能勉强维持自己的温饱，并没有多余的粮食喂它，但在邢老汉烧火做饭的时候，它总守在他身边，一直等到邢老汉吃完饭锁上门又出工了，才跑到外面找些野食。它好像也知道主人拿不出什么东西来喂它，从来不"呜呜"地在旁边要求施舍。它守着他，看着他吃饭，完全出于一种真挚的依恋感，因为社员们只有在吃饭的时候才在家里。要是到了晚上，休息的时候当然比较长一些，邢老汉吃完饭，就噙着烟锅摸抚着它，要跟它聊一会儿。

"今儿上哪里去啦？我看肚子吃饱了没有？狗日的，都吃圆了……”

有时他伸出食指点着它，吓唬它说："狗日的，你要咬娃娃，我就给你一棒。他们逗你，你就跑远点，地方大着哩。可不敢吓着娃娃……"其实他从来没有打过它，它也完全不必要受这样的教训。它是温驯的，孩子还经常骑在它身上玩。

到了过年过节，生产队也要宰一两只羊分给社员，邢老汉会对它说："明儿羊圈宰羊了，你到羊圈去，舐点羊血，还有撂下的肠肠肚肚的……"尽管社员们一年难得吃几次肉，可是邢老汉吃肉的时候并不像别人那样把骨头上的肉都撕得净光，他总是把还剩下些肉屑的骨头用刀背砸开，一块一块地喂给他的狗。"好好啃，上边肉多的是，你的牙行，我的牙不行了……"邢老汉跟人的话不多，但和他的狗在一起是很饶舌的。

这个孤单的老人就只有和他的狗消遣寂寞。对他来说，这不是一条狗，而是他身边的一个亲人。在那夏天的夜晚，在生产队派他看菜园时，只有这条狗陪他一起在满天蚊虫的菜地守到天明；在冬天，他晚上喂牲口，也只有这条狗跟着他熬过那寒冷的长夜，天亮时，狗的背上，尾巴尖上，甚至狗的胡须上都结上一层白霜。虽然狗不会用语言来表示它对老人的关心，也不会替他赶蚊子或是拢一堆火让他烤，但它总是像一个忠诚的卫兵一样守护着他，就足以使老人那因贫穷和劳累而麻木了的人性感动了。很多个夜晚，他都是搂着它来相互取暖，在万籁俱寂的深夜，好像世界上只剩下他和他的狗了。

其实，邢老汉是有过家，有过女人的。要真正理解他和他的狗之间相依为命的感情，还得从这点说起。

二

邢老汉在解放前扛了十几年长工，一直没有能力娶个女人。解放后，他分得了几亩河滩地。那一年他才三十多岁，凭他下的苦力和在农业生产上的技能，那几亩河滩地居然也长出了丰盛的庄稼。那时，他对未来真是满怀信心，而日子也的确一年比一年好起来。到了四十岁那年，别人给他说了个女人。当然，也没有好的姑娘愿意跟一个四十岁的半大老汉。他的女人老是病病歪歪的，结果跟他一起生活了八个月就死了。在这八个月里，连置家带看病，他把几年的积蓄都折腾光了。不过，这一年正是大搞合作化的一年，现实的遭遇真正使他认识到了单干无法抵御不测的天灾人祸，于是他把几亩河滩地、一头毛驴和他自己都投进社里。一两年中，生活真的有了起色，他的希望又在一个坚强的集体中重新萌生出来。但是，正在他张罗着再娶个女人的时候，却来了个"大跃进"，他本人被编入炼钢大军拉进山里去"大炼钢铁"了。他准备娶的那个寡妇并没有等他的义务，就又另找了个主儿。

以后，虽然由于在生产劳动上实行了协作与分工，由于在土地上投入了大量的劳动力，由于引进了化学肥料和简单的农机具，土地的产量是比过去有所提高，但交公粮、售余粮、卖贡献粮，留战备粮的数量总是超过提高的部分。有几年，上面派下的收缴任务甚至只有叫农民饿肚子才能完成。这样，邢老汉只好仍旧打他的光棍了。

然而，世界是会变化的，生活也是曲折的，这条简单的哲理在这个乡下老头子身上也体现出来了。

　　一九七二年，邻省遭了旱灾，第二年开春，就有一批一批灾民涌到这个平川地区。他们有的三五成群，有的拉家带小，也有的独自行乞。他们每个人都背着一条肮脏的布口袋，还准备乞讨一些干粮带给留在家乡的亲人。在城市的饭馆里、街道上、火车站的候车室里，都有像蝗虫一样的灾民。在城市民兵轰赶他们以后，他们就深入到穷乡僻壤里来了。

　　一天中午，邢老汉正准备做饭，忽然听到门外有个操外乡口音的女人叫道："大爷，行行好，给一点吧!"乞怜的声音打动了他，他把虚掩的门开开，看见外面站着一个三十多岁的蓬头垢面的女人。他把她让了进来，叫她坐在炕上，就忙着做两个人的饭。一会儿，要饭的女人看出了这个老汉做饭时笨手笨脚，就小声地说："大爷，你要不嫌弃，我来做这顿饭吧。"邢老汉高兴地答应了，自己装了一锅子烟弓着腰坐在炕上。女人洗了手就开始做饭，动作又麻利又干净。同样的面，同样的调料，可是邢老汉觉得这是他五十多年来吃得最香的一顿饭。两个人都吃了满满两大碗汤面，邢老汉还嫌不够，看到要饭的女人像是也欠点，又叫再做些。

　　正在做第二次饭的时候，村东头的魏老汉推门进来了。

　　"嗬! 我说你咋还不套犁去呢，闹了半天是来客了。"

　　"哪……"邢老汉不知为什么脸红了起来，讷讷地说，"要饭的，做点吃的，吃了就走……"

　　魏老汉是这个生产队队长的本家三叔，又是队上的贫协组长。

　　"唉——可怜见的，妇道人家出来要饭。"他在门槛上一蹲，掏出一支香烟，"老是说啥复辟了咱们要吃二遍苦、受二茬罪哩，我看哪，现时就复辟了，咱庄户人就正吃着二遍苦、受着二茬罪哩。是陕北来的吧？家里还有啥人？"

"就是。家里还有两个娃娃，公公婆婆。"女人低着头腼腆地回答。

"别害臊，这不怪你。民国十八年我也要过饭，我女人也要过饭，遭上年馑了嘛。家里人咋办呢？"

"我们公社一人一天给半斤粮，我出来就少个吃口，省下他们吃。"锅里水开了，女人忙把面条下到锅里。魏老汉看见她切的面又细又长，和城里压的机器面一样。

"啧，啧！好锅灶！"魏老汉灵机一动，爽朗地说，"我看哪，风风雨雨的，要饭遭罪哩。现在要饭又不像过去，每家每户就这么点粮，谁给呢！再说还这里盘那里查的，干脆你就留在这里吧，给邢老汉做个饭干个啥的。邢老汉让你吃不了亏，这可是个老实人，我知道。"

女人背着脸用筷子在锅里搅和，没有答话。魏老汉转向邢老汉说："你先去把犁套上，天贵正找你呢，那几个后生近不到青骡子跟前。套了犁再来吃饭。"天贵就是他那当队长的本家侄儿。

邢老汉把烟袋别在腰上，到马圈去了。抽两袋烟的工夫，魏老汉也到了马圈，喜笑颜开地拍着邢老汉的肩膀说："狗日的，你先人都得谢我啦！人家愿意留下了，跟你过日子。眼下她口还没说死，以后你好好待人家，再生下个一男半女的，她的心就扎下了。有钱没有？没钱的话打个条子，我给天贵说说，先在队上借点，给人家扯件衣服。"

邢老汉咧着嘴笑着，满脸的皱纹都聚在一起了。晚上收工，他一进门，女人就不声不响地给他端上碗热腾腾的"油汤辣水"的面条。她自己也坐在炕下的土坯上吃着。她梳洗了一下，再也看不出是个要饭的乞丐了。吃完晚饭，邢老汉叼着烟锅想说点什么，女人在洗锅抹碗，他才发现整个锅台案板都变得油光锃亮的，油瓶盐罐也放得整整齐齐的了。

"邢老汉呢？恭喜恭喜！"这时，大个子魏队长低头推门进来，他两眼在屋里一扫，忍住笑说，"对！这才像两口子过日子的样子，真是蛐蛐儿都得配对哩！喏，这是十块钱，明天队里给你一天假，领你女人到供销社看买点啥。"

邢老汉忙下了炕，把一锅子烟装好递到队长跟前，一面张罗说："坐嘛，坐嘛！"

魏队长没有坐，掏出自己的香烟，还给了老邢头一支，笑着对那女人说："是陕北来的？那地方苦焦，我知道。咱这周围庄子上还有你们那里的人，也是逃荒过来的，现时都跟庄子里的人成家了。咋？在家是种庄稼的？会旋筛子不会？"旋筛子算是种技术活，是手巧的女人才会干的。

"会。"女人细声细气地回答。

"那就好，后天你就劳动。咱队上现时正选种，会旋筛子的还不多。别人多少工分你就多少工分，咱这地方不欺负外乡人；再说邢老汉可是个好人，这些年来给队上没少出力。你安心跟他过吧！艰苦奋斗嘛！稀的稠的短不了你吃的。"

邢老汉意想不到在半天之内就续了弦，这并不是什么"天仙配"一类的神话，的确像魏队长说的，他们附近庄子上还有好几对这样的姻缘。在农村，在"文化大革命"的那些年，法制观念是极其薄弱的。一个没有男人的女人和一个没有女人的男人，只要他们愿意在一起生活，人们就会承认他们是"一家子"，这好像并不需要法律来批准，更何况主持这件婚事的又是生产队长和贫协组长呢。

三

女人真是天生下来就和男人不一样的生物。那个媳妇一双奇妙的手几天之内就把邢老汉房子的里里外外变了样子。原来土坯房墙根一带的白碱一直泛到砖基上面，还侵蚀了一层土坯，现在，屋里干干净净的，又暖和，又干燥，连萧条的四壁也亮堂多了。每天中午晚上他们老两口收工回来，邢老汉劈柴烧火，他女人揉面切菜，这个时候邢老汉真是觉得每一秒钟都意味无穷。要是他赶车出门，回来正赶上吃饭的时候，在庄子外面一看到他房顶上袅袅的炊烟，他会高兴得两条腿都在车辕下甩哒起来。

我们中国人有我们中国人的爱情方式，中国劳动者的爱情是在艰难困苦中结晶出来的。他们在崎岖坎坷的人生道路上互相搀扶，互相鼓励，互相遮风挡雨，一起承受压在他们身上的物质负担和精神负担；他们之间不用华而不实的辞藻，不用罗曼蒂克的表示，在不息的劳作中和伤病饥寒时的相互关怀中，就默默地传导了爱的搏动。这才是隽永的，具有创造性的爱情。这个女人虽然不言不喘，但她理解邢老汉的感情；她不仅从不拒绝邢老汉的温情，并且用更多的关怀作为回报。而一个贫穷孤单的农村老汉，要求得到精神上的慰藉与满足，也并不需要更多的东西，一碗由他女人的手做出的面条，多加些辣子，一片由他女人的手补的补丁，针细线密，再有晚上在他身边有一个温暖的鼻息，这就足够足够的了。所以，邢老汉在那几个月里就好像一下子年轻了十来岁，走起路来也是大步流星的，引得庄子里一个七十多岁读过私塾的老汉逢人便说："真是古人说得对：'男子无妻不成家。'你们看邢老汉，眼下就是发福了，红光满面，连印堂都放光哩！"

可是，时间一长，就有一片阴影逐渐潜入邢老汉像美梦一样的生活里。

本来，庄子里办喜事是绝少不了妇女的，邢老汉结婚的那天晚上，那间狭小的土坯房完全被一群妇女包围了。这个要饭的女人在毫不掩饰的评头品足的眼光下，就像一只丧家犬一样惊惧不安，耷拉着头，手不停地揉弄着衣角。可是，没过多久，她就用她那种谦让的、温顺的、与世无争的态度和对农活质量一丝不苟的劳动赢得了庄子上妇女们的普遍同情。她们开始愿意和她接近了，有的拿着鞋面布来求她剪个样子，有的拿着正在纳的鞋底来想和她聊天。但是，这个女人仍然是心事重重的样子。虽然她憔悴的面孔逐渐丰润起来，衣服上的破洞都补缀得很整齐，再不像过去那样如土话所说的"片儿扇儿"的了，可还是一脸畏怯的、警惕的、好像随时都会遇到伤害的神色。出工收工的路上，她总是独来独往，一手拿着工具，另一只胳膊下面不是夹着捆柴火就是一抱野菜；在田间休息的时候她也是一人坐得远远的，从不参与妇女们叽叽喳喳的谈话，没有一个妇女能从她嘴里了解到她过去的经历和现在的想法。

如果你在农村住过，你就可以知道，一个外乡人，尤其是外乡女人，要叫庄子里的妇女不议论是不可能的。不久，关于这个落落寡合、离群索居的要饭女人的闲话也就在庄子里传开了。妇女们用她们缜密的逻辑推理得出了一个结论：这个女人在老家一定还有个男人。

有一天，邢老汉赶车拉粪，魏队长跟车，坐在外首的车辕上。看着邢老汉扬着鞭子，一副怡然自得的样子，反而倒起了恻隐之心，不由得拿话点他说：

"邢老汉，你别马虎，你得叫你女人把户口闹来。要不然哪，不保险。"

其实，这本来就是邢老汉心里的一个疙瘩。庄子里的一些闲话，他也有些风闻，不过他并不相信。可是，他也知道，户口不迁来，再没有个娃娃，女人迟早得回老家，庄户人都是故土难离的。他曾经跟他女人商量过，要她开个详细地址把户口和娃娃都迁来，但女人总是低着头简简单单地回答："哪能成呢……"他不忍心拗了女人的意思，也就不多问了。

"你可不要迷迷瞪瞪。"魏队长又说，"有了地址，我就到公社去开个准迁证。可要是她家里还有一个……那就难办了。"

这天黄昏，邢老汉卸车回来吃完饭，见他女人仍然和往常一样，坐在门槛上借着夕阳的一抹余光缝缝补补。一群孩子跑到他们房前的白杨树下玩耍，她才停下手中的活计瞧着他们，然后头靠在门框上，两眼直瞪瞪地瞅着那迷蒙的远方。邢老汉知道她在想娃娃，但也找不出动听的言辞劝慰她，只得拿件衣裳披在她肩上，"别凉着……"他和她坐在一起，思忖着怎样再次向她提出关于户口的问题。

这个要饭的女人是个细心人。这时她从邢老汉体贴而又有点紧张和疑虑的神情上看出他有番话要说，于是在夕阳完全落入西山以后，她收起了手中的针线，进到屋里，把炕扫了扫，上炕跪坐在炕头，低着脑袋，两手垂在两膝之间，像一个犯人在审讯室里一样静等着。

邢老汉先是弓着腰坐在炕上，叭嗒叭嗒地抽烟。飘浮的青烟和一片令人不安的沉静笼罩着这间小屋。他一直抽到嘴发苦，才终于鼓起了勇气：

"娃她妈，你还是开个地址，让魏队长到公社去开个证明，有了准迁证，咱们就去把娃接来。"

女人仍然低着头，没有回答。

"嗯——"邢老汉长长地嗯了一声，"要是……要是你家还有男人，那……咱们也是讲良心的。"说到这里，邢老汉透不过气来了。实际上，他也不知道这个"良心"应该怎样讲法。

"不，"女人虽然是细声细气，却又是断然地说，"没有！"

"那——"邢老汉的眼睛发光了，"那是为了啥呢？"

停了片刻，女人却嘤嘤地抽泣起来了，眼泪大滴大滴地落在炕的旧毡子上。邢老汉慌了神，忙站起来靠到炕跟前。"那……那是不是我待你不好？"

"不！"女人用手背抹了抹眼泪，"我一直想跟你说，可又怕你嫌弃……"

"你说吧！谁嫌弃你了？你不嫌弃我就是好的。"

"我……我们家是富农。"

"嗨，"邢老汉心里的一块石头落了地，啪、啪两下把烟锅里的烟灰在鞋底上磕掉。"我当是啥大不了的事，现时都劳动吃饭，啥富农不富农的!"

"不,你还不知情。老家里不许地富出来要饭,我不能看着娃受罪,这是偷跑出来的,别说迁户口,就是逃荒的证明也开不出来哩。就这,我还不知公公婆婆在咋挨批哩。"说开了,女人的话就多起来。她擤了一把鼻涕,随手抹在炕沿上。"我看出来了,你可是个好人。到了明年开春,你给我点粮,我还得回去。老家一到开春,日子就更难了。"说完,女人用膝盖跪立起来,恭恭敬敬地在炕上朝邢老汉磕了一个头。

"唉,唉!你这是干啥?"邢老汉忙坐上炕,把女人扶着坐下。"你说这话就生分了,这屋里的东西不是你的?咱们还是想法办户口,回去干啥?那地方苦焦得不行。瞎了眼的麻雀子还饿不死呢,总有办法!"

这一夜,女人抽抽噎噎地哭了好久,也不知什么引起她那样伤心。邢老汉心里倒是踏实了,在旁边劝了她半晚上。

四

第二天,邢老汉还是赶车拉粪,魏队长照旧跟车。他一五一十地把昨天他们老两口的谈话告诉给魏队长。魏队长用纸条卷了邢老汉的一棒子旱烟,两只胳膊支在大腿上,身子随着车摇来晃去,半晌没有说话。

后来,他吐了口唾沫,说:"这比她家有个男人还难办!"

"那难办啥,吁、吁!"邢老汉把牲口往里首吆喝着,"穷得都要饭了，咋还是富农？"

魏队长斜眼瞟了他一下，但也知道无法跟这个老汉说明白。邢老汉是向来不参加什么学习开会的。运动一来，这个老雇农就被派到最关键的单独工作岗位上，把别人顶替下来参加运动，所以，邢老汉倒成了最"没有政治觉悟"的社员。

"难办啦，难办！"魏队长摘下帽子，搔搔头皮。"就是这儿开了准迁证过去，那边也不放，反倒招来祸害。我看哪，毬！你就跟她过吧，啥户口不户口的。咱们队上现在还挤得出一个人的口粮，有粮吃就行。可这话你不能跟别人说，就当没这么回事；你还得把她心拴住了，等到明年春上再说。现时都是走一步看一步，谁知道明年又是啥变化。"

这年，生产队决算下来，他们两人的工分共分得五百多斤粮和一百二十元现金。把粮食和钱领回来以后，正巧队里要派大车进城搞副业，给建筑工地拉三天沙子。邢老汉把女人给他烙的饼装在挎包里，就赶车进城了。

这条黄狗就是他这次进城遇见的。那时它还小，野生野长的，从来没有人喂过它。在邢老汉把车歇在工地上吃干粮的时候，它在一旁歪着脑袋盯着他。邢老汉给它撕了两小块饼子。这一来，它就成天在邢老汉的车后跟着。第四天，在邢老汉赶车回家的那个早晨，它还一直跟着大车跑出城外。邢老汉看着不忍心，一念之下就把它抱到车上来了。

中午，大车回了村。还在庄子外面，邢老汉就发现他家的屋顶上没有和别的人家一样冒着炊烟。一个不幸的预感蓦地震动了他。他在马圈里慌慌张张地卸着牲口，魏老汉的老伴就找他来了。

"邢老汉，你女人昨天下午说上供销社去，把钥匙给了我，可昨儿一晚上她都没有回来，是咋回事？"

邢老汉接过钥匙，急忙到家用颤抖的手打开房门。屋里比往常还要清洁，被子、褥子和邢老汉的棉衣都拆洗得干干净净地叠在炕上，枕头上还一溜子摆着四双新鞋，可是人已经不见了。

一会儿，屋里屋外围了好些人，有人还催邢老汉到供销社去找，其实这真是傻里傻气的建议，大家都明白是怎么回事了。邢老汉失神地弓着腰坐在炕沿上，一点也没有听见别人说的话，心里只反复地念叨着：走了！走了！没等到明年就走了

这时，魏老汉分开众人走了进来。"邢老汉，别傻坐着了，点点看她带走了些啥？"

大家七手八脚地替邢老汉清点了一遍，才知道她除了随身穿的破旧衣服和一件他们"结婚"时做的新褂子外，还带走了一百二十斤粮和五十块钱。粮食和钱她都没拿走她应得的那一半。

"这真是个有良心的妇道人！"大家又啧啧地对他称赞起来。然而这更添了邢老汉的伤心，他还是坐在炕沿上，跟一个木偶一样。

快上工的时候，魏队长急忙走进屋里对邢老汉说："正好公社的拖拉机这就进城拉化肥，你快进趟城，汽车站、火车站都去找一找。一个妇道人带一百多斤粮不容易上路哩。我问了，她是昨儿下午搭三队拉白菜的车进的城，傍黑才到了城里。"魏队长还怕他出意外，又派了个年轻后生跟他一起去。

邢老汉昏昏沉沉地进了城。茫茫的人海，全是陌生的面孔。他们问了汽车站、火车站的工作人员，都说没注意到有这样一个女人。那年轻后生说："她是咋来的还得咋去，她还舍得花钱打票哩！准是

爬货车走的。"他们又到铁轨上停的空车皮和货车上找了一遍。也是没有。

第二天下午，他们又搭上顺路的车往回返。在路上，邢老汉想着他女人还给他留下一线希望："这是个有良心的妇道，她兴许还会回来的。"那年轻后生也安慰他："她就是想娃娃，回去看看，没准下次连娃娃一块儿带来呢。"邢老汉就是这样怀着失望和希望的心情又回到村里。正在他拿钥匙开门的时候，一个毛茸茸的东西却在他脚下绊着，并且"呜呜"地叫，原来还是那条小黄狗。在一天半的时间里，它竟一直没有离开它认定了的这个主人的家门口。邢老汉一把把它抱起来，一起进到现在已经是空洞冰冷的屋里。

从此，邢老汉又恢复了十个月以前的生活，只多了一个美好的回忆，一个深切的怀念，一个强烈的盼望和一条小黄狗。

在一年之内，邢老汉都抱着她还能回来的希望。他总是把屋里收拾得干干净净的，一切都保持着她在家时的样子，每日每时，只要他在家，他都以为她会突然推门进来。可是，日子一天天地过去，她给他补的补丁又磨烂了，她给他缝的衣服也有了破洞，她给他做的鞋都快穿坏了，她还是没有回来。慢慢地，邢老汉对她的思念和盼望就成了藏在心底的隐痛，上面被失望覆盖着。

在以后的日子里，只有这条狗来安慰他的孤独。每在休息时间和夜晚，在他叼着烟锅出神的时候，狗就偎在他身边，使他感到他身边还有一个对他充满着情感的生物。狗不时地用湿漉漉的、柔软的舌头舔他的手，会使他产生一种奇妙的柔情，并联想起和那个要饭女人生活时的种种情景；狗的那对黑多白少的、既温驯又忠实的眼睛，能唤起他对她的一连串回忆，使他进入一个迷蒙的意境，因为那个女人的眼睛同样是那样的忠实，那样的温顺。总之，这条现在长得很大、很壮实的黄狗已经成了他与她之间的一个活生生的联系；因为它正是她走的那天被领回来的，在他的记忆里，他甚至以为这条狗是她临走时留给他的纪念。

然而，这个联系也终于被扭断了。

五

学习无产阶级专政理论运动开展以后，邢老汉这个生产队也和别的生产队一样，运动一开始就来了县里派的工作组。农民们白天下地，晚上开会，几乎没有一点属于自己的时间。有天晚上开大会，工作组的干部在讲话的最后又宣布了一个叫农民们莫名其妙的通知。通知要农村把所有的狗都在三天之内"消灭掉"。据这位干部说："就算一条狗一天吃半斤粮，一个月就是十五斤，一年就是一百八十斤。这个账真是不算不知道，一算吓一跳。这就快等于我们一个人定量的一半。咱们现在要养活全国的人，还要养活全国的狗。这怎么得了！所以，三天之内，狗要全部打死。谁要不打就等于窝藏了阶级敌人；三天以后，公社的民兵小分队就下来替他打。"

头几天，邢老汉并没有把这个通知看得很严重。他有他农民的朴素的理性。他心里想："没听说过哪家人是让狗吃穷的，更没听说过哪个国家穷就穷在老百姓养狗上。在旧社会，要饭的花子还领条狗哩！"但是，几天之内，有狗的农民居然把自己的狗都陆续宰了，连魏老汉也把他养了五年的大黑狗吊在树上用水灌死了。原来，狗

还是个生财之道，城里有些人听说乡下要打狗，就纷纷骑着自行车下乡来买狗肉。一条狗光肉就能卖三四块钱，要是农民自己捎到城里零卖，每斤竟能卖四五毛钱。

十天以后，附近几个庄子里就剩下邢老汉这条孤零零的大黄狗了，而戴着红袖章的民兵也注意上了这条狗，曾经扛着枪在邢老汉这个庄子上转过两趟。

这一天，四个老汉在场上扬场，风停了，他们就凑在一块儿聊天，聊到邢老汉的狗，邢老汉带点怒气地说："再穷也穷不到狗身上！说实在的，咱庄户人的狗谁喂过，还不是满滩找野食。我的狗是养定了！"

有个老汉说："不在你喂不喂，你用你的粮食喂你的狗，公家管你哩！我听说是因为有人叫狗把公家的玉米棒子往家叼。"

这话逗得大家笑了起来。魏老汉说："庄户人的狗要有这个本事，咱就不种庄稼了，领着狗四处要把戏去。"

有个过去爱听古书的老汉说："那晚上我回去也思谋了一下，其实不在喂粮食上，还是邢老汉说的，咱庄户人谁正经喂过狗哩？我思谋着，这跟批判孔老二有关联。"

除了邢老汉还皱着眉头之外，大伙儿又笑了。

"你们瞧，孔老二讲的是忠孝节义，这忠孝节义是啥？忠讲的就是马。谁都知道马对人最忠了，关公一死，赤兔马都不吃料；这孝讲的就是羊，羊羔子一下地就会给它娘磕头；这节讲的是老虎，母老虎生了一个虎仔子就知道疼得不行，以后它再不让公老虎闹了；这义讲的就是狗哇！现时批判孔老二的忠孝节义，我看上面就是这个意思，先从狗打起。要不然怎么说养狗就等于窝藏了阶级敌人呢？"

几个饱经世故的老汉都听出了这番用嘲笑的口吻说的笑话意味着什么，彼此会心地微笑着。最后，魏老汉叹了口气说："也别说，我看哪，上面就以为狗吃了粮了。现时上面要的多，地里一时又长不出来，只有从少花消上打主意。以后哇，要是上面还一个劲要，连大牲口的料都得减。"他又转过头向邢老汉说，"说是说，笑是笑，你那条狗还是早撂倒好。要不那帮民兵还得打。都是些愣头愣脑的小伙子，前天把一个卖瓜子的捆了一绳子，昨天又把一个木匠的家什收了，害得人连哭带号。他们要来就不管三七二十一，开上几枪，捅上几个窟窿，你连一张好皮都落不上。"

晚饭以后，邢老汉蹲在炕沿上叭嗒叭嗒地抽烟。狗卧在地上，扬着头，皱着鼻子，呼呼地嗅它所熟悉的烟味。邢老汉思忖了几锅子烟的工夫，思忖出了一个主意，就是替狗求得一个官方保护。于是他穿上鞋，把狗锁在屋里，就上队长家去了。

魏队长家正好没外人。队长躺在炕上，他女人坐在灯下纳鞋底。因为邢老汉是从来不串门的人，魏队长听他来了就连忙翻身坐起来。他女人给端来杯水。

邢老汉一坐下就结结巴巴地提出他不让打狗的事。

"我当是啥要紧事，"魏队长笑着说，"一条狗嘛，上面有这个指示，打了就算了。"

"算了？"邢老汉气愤地说，"它跟了我好几年，打了它我心里不落忍。我保证不找队上要救济粮就行。我的狗吃的是我的粮。"

魏队长还是轻描淡写地说："其实也不在吃粮上，狗祸害庄稼倒是个事实。"

"天贵，你也是个庄户人，你啥时候见狗祸害庄稼？狗又不是牲

026

口，又不是鸡鸭。那天还说一家许养一只鸡，就不许我养条狗？"

队长的女人以女人特有的同情心理解了邢老汉的意思，在一旁细声细气地说："就是，他邢大伯身旁又没啥人，有条狗也解解心闷。"

这话更激起了邢老汉对狗的感情，他以非常认真的态度说："天贵，我可跟你说定，要毙我的狗就先毙我邢老汉！"

三个人的心都沉下了。魏队长收敛了笑容，手不停地在他的短发上搔着。他开始理解了狗与邢老汉的生活的密切关系，知道要说服邢老汉绝不是三言两语所能解决的。同时，对着这个和他在一个庄子上生活了几十年的老汉，一股深深的乡土情谊从他心里升腾起来，多年的积郁，也随着这股乡土气翻卷着，他不禁感慨地说："邢老汉，你有你的苦处，这我知道，可我有我的难处，又找谁说呢？今天晚上没事，咱俩就聊聊。"

"在这庄子上，你也是看着我长大的了。我满滩放驴那年，你就给王海家扛上长活了；解放后搞互助组，搞合作化，咱们又都在一起。那时候我是年轻气盛，一心要领着大伙儿走共同富裕的道路。后来我三起三落，这你也知道，哪次运动来都得整我。我一不腐化，二不贪污，为的是啥？还不是为了我替大伙儿说了几句老实话，可老说我右倾。后来呢，我也琢磨出一个道理：大伙儿赞成的干部，上头就不满意；要上头满意，就得让大伙儿吃点亏。这些年来，我也学会了挑担子，总得两头都顾到。哪头顾不到，扁担就得打滑。有些事情，我也思谋没啥道理，可我是个党员，水平又低，不照上头意思办能行？'文化大革命'那年，你知道，我跟县里的参观团去了一趟大寨。那人家搞得就是好，不承认不行。可我也算计了一下，就凭大寨种的那一把把玉米，那一把把谷子，要置那么多机器、修那么大工程也是妄想，还不是国家贴了钱。现时叫咱们学大寨，国家又不贴钱，那就得凭咱们多吃点苦，多闹点副业挣钱。谁知道今年运动一来，我又差点挨了批，说是重副轻农，发展资本主义。这你也知道，咱队上的木匠、泥水匠、皮匠、铁匠都收回来了，两挂大车白白停在那儿。一边叫搞机械化，一边又不给钱，还不让人挣钱，机器又不白给，机械化咋化呢？今年，我看，别说机械化，就是工分算下来也没往年多了。你就一个人，吃饱了连小板凳都不饿，好歹都能凑合，在我这儿，全队三百多口子都张着嘴要吃，伸起手要穿。不叫大伙儿见点现钱，明年人家干活也没心劲了。你就愁着一条狗，我这儿愁着三百好几的人呢！"

魏队长激动地在炕上蹲起来，又说："你瞧着吧！今年还过得去，到了明年开春，这事那事就来了。大伙儿没劲干活，我能打着干？都是贫下中农，乡里乡亲的。可我也思谋着，运动总是一股风。等这股风过去了，咱副业还得搞。不搞副业大伙儿受穷，机械化也化不成。可你别碰到风头上，咱大处都顺着过来了，犯不着在小地方拗了上头的意思。就说打狗吧，真是不抓西瓜净抓芝麻的事，我也觉着没点意思，不过上头把这事已经提到纲上来了，说不打狗就等于窝藏了反革命，咱队上来的工作组组长又是县委委员，那天统计了一下，咱队上有十条狗，结果只打了九条，叫工作组说咱这个先进队连打狗都贯彻不下去，还咋批判资本主义呢！说实在的，邢老汉，要是为了你那女人的事，天塌下来找魏天贵替你撑着，顶大不当这个髌队长。这条狗嘛，你就宰了算了，让上头满意，以后咱们队的事就好办了。他前脚走，你后脚就再养一条，你看咋样？"

邢老汉先还没在心听，后来越听越真切，最后又提到他女人，

028

邢老汉真是百感交集。他知道天贵是诚心帮过他的，为了一条狗，他能让天贵为难？他低着头，在头上狠狠地拍了两巴掌，又伤心又决断地说："天贵，我不能让你为难，你说的都是实情话，你明天就叫人来打吧。我自己下不了这个手。"

这一夜，他没有睡觉，呆呆地坐在炕下的土坯上抽烟。狗一点也不知道这就是它的末日，仍然亲切地把头撂在邢老汉的腿上。邢老汉一面摸抚着它像缎子一样光滑的脊背，一面回忆他半个多世纪风里来雨里去的经历。他也曾经听说过，城里的干部、工人、教书的、唱戏的，这些年来在运动里没少挨整，又亲眼见过魏天贵这样的农村小干部挨过批，但没想到最后闹得他这个扛了十几年长工的普通农民也不得安生：先是因为身份问题妨碍了他的家庭幸福，终于连剩下的一点虚妄的安慰也被剥夺了。他不知道这是为什么，只隐隐糊糊地听说这就叫"政治"，这就叫"阶级斗争"。他微微地摇摇头，无声地叹息了一下；他觉得这样的"政治"和这样的"阶级斗争"是太可怕了。他觉得在这样的"政治"和"阶级斗争"中，生活已经变得毫无意思了。

他轻轻地拍着他的狗，就像拍他的孩子一样。我们中国农民在不可避免的灾难面前总是平静和忍耐的，他又一次发挥了这一特性。他既然发现了他的生活已经失去了意义，留着一条狗又有什么用？而且，这条狗的生命居然和全队人今后的生活有关系。他自言自语地说："你先走吧，随后我就来。"

他抬起头来环视这间小屋，想寻找一些那个要饭女人留下的痕迹。就是这间土房，从屋顶到地面，几乎每一平方寸都经过她清扫，房里的每一样东西都经过她擦洗。可是，她走了，这些东西也都如死一般地沉默和灰暗了，只有一道深深的痕迹刻在他自己血淋淋的心上。然而，他并不埋怨她悄悄地舍他而去。他认为一个好的、有良心的妇道人就是应该回去的；而且，她的不辞而别还曾给他留下了一线希望，使他在两年的时间里还有劲头活下去，所以他对她只有感激。

第二天早晨，他把狗喂得饱饱的放了出去。还没到晌午，他在场上听见马圈里突然响起一声清凄的枪声。他知道这准是对着他的狗放的，心里猛然泛起一阵内疚和懊悔。当他跑到马圈去时，行刑的人已经扬长而去了，只有一群娃娃围着他的狗。狗展展地侧躺在地上，脖子下面流出一缕细细的殷红的鲜血，一只瞳孔已经放大的眼睛，和那个要饭的女人的眼睛一样，露着惊惧不安的神色斜视着碧蓝碧蓝的天空。

邢老汉垂着头站在狗的尸体旁边，全身颤抖地号啕大哭。

六

不久，在工作组完成任务撤回以后，农村副业和农民的家庭副业果然又偷偷地搞了起来，而且，附近庄子上又依稀地听到狗的吠声了。但是，邢老汉的狗是不会复活的，邢老汉本人也一天比一天衰老了。几个月以后，他甚至丧失了自己料理自己生活的能力，全靠邻居给他端点吃的。

就在这年冬季最冷的一天，当邻居奇怪他到晌午还没开门而把他那间孤零零的土房撬开以后，才发现他早已直挺挺地死在炕上了。

有人说他得的是心脏病，有人说他是老死的，还有人说是"癌症"，只有魏老汉伤心地发牢骚说：

"政治上不去，批孔哩！生产上不去，打狗哩！整了人不够，还要整畜生！要是邢老汉的狗还在，它叫几声，也让咱们早点知道……"

尾　声

三年半以后，这个公社的乡邮员小杨接到一封从陕北写来的给"第五生产队　邢老汉收"的信。小杨没有多加考虑就贴了一张"人已死亡　退回原处"的条子打了回去。后来，在公社开三干会休息的时候，一堆人围在一起聊天，小杨把这事当新闻说了出来，现在已经当了大队书记的魏天贵听了，狠命地在小杨脊背上擂了一拳，骂道："你这家伙！咋不把信拆开来看看。这一准是那个要饭的女人寄来的。也不知现时她过得怎么样了；邢老汉还留下两口箱子着哩，现时还放在五队的库房里。"

一九七九年十月于南梁农场

选自《朔方》1980 年第 2 期

作家的话 ◈

当一个人完全认为自己有罪，除了劳动权之外被剥夺了一切社会权利，甚至被剥夺了爱与被爱的权利以后，剩下的还有什么呢？只有一种动物求生的本能罢了。……然而，我毕竟还是个人，毕竟还有七情六欲的残余。而孤独悲凉的心。对那一闪即逝的温情，对那若即若离的同情，对那似晦似明的怜悯，感受却特别敏锐。长期在底层生活，给我印象最深刻的，就是种种来自劳动人民的温情、同情和怜悯，以及劳动者粗犷的原始的内心美。……

我的作品，即使是"伤痕文学"也罢，总是要告诉人们："那种不正常的政治生活再不要重复了，那些摧残心灵的悲剧再不要重演了，让劳动者之间的友谊、同情、爱恋滋润着、温热着每一颗善良正直的心吧。"

《满纸荒唐言》

推荐者的话 ◈

邢老汉这个极其平凡的乡村老人，对生活并无什么奢望，更远离政治、权力、财富等等，他只求最低限度的生活条件，只求像一个人一样地活着，但极左政治下畸形的社会环境，连这样的要求也要去剥夺，先是迫走他的女人，最后连作为老人唯一安慰的狗都要枪杀，可见在那个时代里人情的冷漠与人性的堕落。老人终于在这样的打击下凄然老去。这是一曲凄婉的挽歌，又是一篇极严厉的控诉词，朴实而又动人心魄。

宋炳辉

杜运燮
秋 ◇◇

　　杜运燮，1918 年出生于马来西亚，原籍福建古田。
1934 年回到福州读高中。1939 年考入西南联大外文系，开
始写诗就受到奥登的影响，重视运用心理分析和反讽手法
来处理重大社会主题，代表作有《滇缅公路》《追物价的
人》等。20 世纪 40 年代著有诗集《诗四十首》《南音集》。
大学毕业后主要当中学教员和报纸编辑。1951 年起在新华
社国际部工作，极少写诗。80 年代起陆续有诗作发表，其
中 1980 年发表于《诗刊》的《秋》，曾被人举证为"朦胧
诗"而引起一场争论。出版的诗集有《晚稻集》等。2002
年去世。

连鸽哨也发出成熟的音调，

过去了，那阵雨喧闹的夏季。

不再想那严峻的闷热的考验，

危险游泳中的细节回忆。

经历过春天萌芽的破土，

幼叶成长中的扭曲和受伤，

这些枝条在烈日下也狂热过，

差点在雨夜中迷失方向。

现在，平易的天空没有浮云，

山川明净，视野格外宽远：

智慧、感情都成熟的季节啊，

河水也像是来自更深处的源泉。

紊乱的气流经过发酵，

在山谷里酿成透明的好酒；

吹来的是第几阵秋意？醉人的香味

已把秋花秋叶深深染透。

街树也用红颜色暗示点什么，

自行车的车轮闪射着朝气；

塔吊的长臂在高空指向远方，

秋阳在上面扫描丰收的信息。

1979 年秋

选自《晚稻集》

作家出版社 1988 年版

评论家的话 ◈

　　作者运用 20 世纪 40 年代就尝试过的把官能感觉和抽象观念联结起来的现代艺术手段，来表达他对新生活的喜悦……诗中每个自然意象的象征含义，对于亲历过那段刚刚结束的历史的人都能唤起联想和记忆。对这种艺术手段的陌生而发出的愤怒指责，恰恰说明前代诗人艺术探索的经验积累，与当代固定于某种抒情方式的读者的艺术感受力之间存在的断裂。复出以后的杜运燮大都以这种抒情方式表达他对生活和历史的感受与认知。诗人打开久闭的心灵的窗子，蜂拥而来的意象既亲切又庄重，从阳光下沉思的树叶，笑哈哈的花，到窗外闪着泪花的眼睛，恢复伤口的生命。每个景象似乎都有某种政治含义的指向，但又不黏滞于过分具体的政治事件，而是立足于情绪的渲染和歌唱。因此，意象本身仍具有比较宽泛的、灵动的涵盖面。

洪子诚、刘登翰：《中国当代新诗史》

高晓声
陈奂生上城

高晓声，1928 年出生于江苏武进一个农民家庭。1950年毕业于苏南新闻专科学校。先后在苏南文联、江苏省文化局从事群众文化工作，在《新华日报》文艺副刊任编辑。1954 年以短篇小说《解约》引起文坛注意。1957 年和方之、陆文夫、叶至诚等发起"探求者"文学社团，被错划成右派，遣返至武进老家达二十余年。主要作品有小说集《七九小说集》《高晓声 1980 年短篇小说集》《高晓声 1981 年短篇小说集》《高晓声 1982 年短篇小说集》《高晓声 1983 年小说集》《高晓声 1984 年小说集》及长篇小说《青天在上》《陈奂生上城出国记》等。其创作大多取材于苏南农村的凡人小事，基本上分为两类：一类以"陈奂生系列"为代表，贴近变动的农村生活，以深刻朴素的写实手法揭示政治经济变革给普通农民的巨大影响；另一类则以《钱包》等为代表，在简单人事的叙写中，注入意味深长的人生哲理和复杂的人生感受，并以不动情的幽默和讽喻传达富于启悟的主题。1999 年于无锡逝世。

一

"漏斗户主"① 陈奂生，今日悠悠上城来。

一次寒潮刚过，天气已经好转，轻风微微吹，太阳暖烘烘，陈奂生肚里吃得饱，身上穿得新，手里提着一个装满东西的干干净净的旅行包，也许是气力大，也许是包儿轻，简直像拎了束灯草，晃荡晃荡，全不放在心上。他个儿又高、腿儿又长，上城三十里，经不起他几晃荡；往常挑了重担都不乘车，今天等于是空身，自更不用说，何况太阳还高，到城嫌早，他尽量放慢脚步，一路如游春看风光。

他到城里去干啥？他到城里去做买卖。稻子收好了，麦垄种完了，公粮余粮卖掉了，口粮柴草分到了，乘这个空当，出门活动活动，赚几个活钱买零碎。自由市场开放了，他又不投机倒把，卖一点农副产品，冠冕堂皇。

他去卖什么？卖油绳②。自家的面粉，自家的油，自己动手做成的。今天做好今天卖，格啦嘣脆，又香又酥，比店里的新鲜，比店里的好吃，这旅行包里装的尽是它；还用小塑料袋包装好，有五根一袋的，有十根一袋的，又好看，又干净。一共六斤，卖完了，稳赚三元钱。

赚了钱打算干什么？打算买一顶簇新的、刮刮叫的帽子。说真话，从三岁以后，四十五年来，没买过帽子。解放前是穷，买不起；

---

① "漏斗户主"：系作者写的另一篇小说《漏斗户主》（发表于《钟山》1979 年第 2 期）主人公陈奂生的外号。漏斗户，意指常年负债的穷苦人家。——作者原注

② "油绳"：一种油煎的面食。——作者原注

解放后是正当青年，用不着；"文化大革命"以来，肚子吃不饱，顾不上穿戴，虽说年纪到把，也怕脑后风了。正在无可奈何，幸亏有人送了他一顶"漏斗户主"帽，也就只得戴上，横竖不要钱。七八年决分以后，帽子不翼而飞，当时只觉得头上轻松，竟不曾想到冷。今年好像变娇了，上两趟寒流来，就缩头缩颈，伤风打喷嚏，日子不好过，非买一顶帽子不行。好在这也不是大事情，现在活路大，这几个钱，上一趟城就赚到了。

陈奂生真是无忧无虑，他的精神面貌和去年大不相同了。他是过惯苦日子的，现在开始好起来，又相信会越来越好，他还不满意么？他满意透了。他身上有了肉，脸上有了笑；有时候半夜里醒过来，想到囤里有米、橱里有衣，总算像家人家了，就兴致勃勃睡不着，禁不住要把老婆推醒了陪他聊天讲闲话。

提到讲话，就触到了陈奂生的短处，对着老婆，他还常能说说，对着别人，往往默默无言。他并非不想说，实在是无可说。别人能说东道西，扯三拉四，他非常羡慕。他不知道别人怎么会碰到那么多新鲜事儿，怎么会想得出那么多特别的主意，怎么会具备那么多离奇的经历，怎么会记牢那么多怪异的故事，又怎么会讲得那么动听。他毫无办法，简直犯了死症毛病，他从来不会打听什么，上一趟街，回来只会说"今天街上人多"或"人少"、"猪行里有猪"、"青菜贱得卖不掉"之类的话。他的经历又和村上大多数人一样，既不特别，又是别人一目了然的，讲起来无非是"小时候娘常打我的屁股，爹倒不凶"、"也算上了四年学，早忘光了"、"一九三九年大旱，断了河底，大家捉鱼吃"、"一九四九年改朝换代，共产党打败了国民党"、"成亲以后，养了一个儿子、一个小女"……索然无味，等于不说。他又看不懂书；看戏听故事，又记不牢。看了《三打白骨精》，老婆要他讲，他也只会说："孙行者最凶，都是他打死的。"老婆不满足，又问白骨精是谁，他就说："是妖怪变的。"还是儿子巧，声明："白骨精不是妖怪变的，是白骨精变成的妖怪。"才算没有错到底。他又想不出新鲜花样来，比如种田，只会讲"种麦要用锄头抨碎泥块"、"莳秧一蔸莳六棵"……谁也不要听。再如这卖油绳的行当，也根本不是他发明的，好些人已经做过一阵了，怎样用料？怎样加工？怎样包装？什么价钱？多少利润？什么地方、什么时间买客多、销路好？都是向大家学来的经验。如果他再向大家夸耀，岂不成了笑话！甚至刻薄些的人还会吊他的背筋："嗳！连'漏斗户主'也有油、粮卖油绳了，还当新闻哩！"还是不开口也罢。

如今，为了这点，他总觉得比别人矮一头。黄昏空闲时，人们聚拢来聊天，他总只听不说，别人讲话也总不朝他看，因为知道他不会答话，所以就像等于没有他这个人。他只好自卑，他只有羡慕。他不知道世界上有"精神生活"这一个名词，但是生活好转以后，他渴望过精神生活。哪里有听的，他爱去听，哪里有演的，他爱去看，没听没看，他就觉得没趣。有一次大家闲谈，一个问题专家出了个题目："在本大队你最佩服哪一个？"他忍不住也答了腔，说："陆龙飞最狠。"人家问："一个说书的，狠什么？"他说："就为他能说书，我佩服他一张嘴。"引得众人哈哈大笑。

于是，他又惭愧了，觉得自己总是不会说，又被人家笑，还是不说为好。他总想，要是能碰到一件大家都不曾经过的事情，讲给大家听听就好了，就神气了。

二

当然，陈奂生的这个念头，无关大局，往往蹲在离脑门三四寸的地方，不大跳出来，只是在尴尬时冒一冒尖，让自己存个希望罢了。比如现在上城卖油绳，想着的就只是新帽子。

尽管放慢脚步，走到县城的时候，还只下午六点不到。他不忙做生意，先就着茶摊，出一分钱买了杯热茶，啃了随身带着当晚餐的几块僵饼，填饱了肚子，然后向火车站走去。一路游街看店，遇上百货公司，就弯进去侦察有没有他想买的帽子，要多少价钱。三爿店查下来，他找到了满意的一种。这时候突然一拍屁股，想到没有带钱。原先只想卖了油绳赚了利润再买帽子，没想到油绳未卖之前商店就要打烊；那么，等到赚了钱，这帽子就得明天才能买了。可自己根本不会在城里住夜，一无亲，二无眷，从来是连夜回去的，这一趟分明就买不成，还得光着头冻几天。

受了这点挫折，心情不挺愉快，一路走来，便觉得头上凉飕飕，更加懊恼起来。到火车站时，已过八点了。时间还早，但既然来了，也就选了一块地方，敞开包裹，亮出商品，摆出摊子来。这时车站上人数不少，但陈奂生知道难得会有顾客，因为这些都是吃饱了晚饭来候车的，不会买他的油绳，除非小孩嘴馋吵不过，大人才会买。只有火车上下车的旅客到了，生意才会忙起来。他知道九点四十分、十点半，各有一班车到站，这油绳到那时候才能卖掉，因为时近半夜，店摊收歇，能买到吃的地方不多，旅客又饿了，自然争着买。

如果十点半卖不掉，十一点二十分还有一班车，不过太晏了，陈奂生宁可剩点回去也不想等，免得一夜不得睡，须知跑回去也是三十里啊。

果然不错，这些经验很灵，十点半以后，陈奂生的油绳就已经卖光了。下车的旅客一拥而上，七手八脚，伸手来拿，把陈奂生搞得昏头昏脑，卖完一算账，竟少了三角钱，因为头昏，怕算错了，再认真算了一遍，还是缺三角，看来是哪个贪小利拿了油绳未付款。他叹了一口气，自认晦气。本来他也晓得，人家买他的油绳，是不能向公家报销的，那要吃而不肯私人掏腰包的，就会耍一点魔术，所以他总是特别当心，可还是丢失了，真是双拳不敌四手，两眼难顾八方。只好认了吧，横竖三块钱赚头，还是有的。

他又叹了口气，想动身凯旋回府。谁知一站起来，双腿发软，两膝打颤，竟是浑身无力。他不觉大吃一惊，莫非生病了吗？刚才做生意，精神紧张，不曾觉得，现在心定下来，才感浑身不适，原先喉咙嘶哑，以为是讨价还价喊哑的，现在连口腔上斗都像冒烟，鼻气火热；一摸额头，果然滚烫，一阵阵冷风吹得头皮好不难受。他毫无办法，只想先找杯热茶解渴。那时茶摊已无，想起车站上有个茶水供应地方，便强撑着移步过去。到了那里，打开龙头，热水倒有，只是找不到茶杯。原来现在讲究卫生，旅客大都自带茶缸，车站上落得省劲，就把杯子节约掉了。陈奂生也顾不得卫生不卫生，双手捧起龙头里流下的水就喝。那水倒也有点烫，但陈奂生此时手上的热度也高，还忍得住，喝了几口，算是好过一点。但想到回家，竟是千难万难；平常时候，那三十里路，好像经不起脚板一颠，现在看来，真如隔了十万八千里，实难登程。他只得找个位置坐下，耐性受痛，觉得此番遭遇，完全错在忘记了带钱先买帽子，才受凉发病。一着走错，满盘皆输；弄得上不上、下不下，进不得、退不得，卡在这儿，真叫尴尬。万一严重起来，此地举目无亲，耽误就医吃药，岂不要送掉老命！可又一想，他陈奂生是个堂堂男子汉，一生干净，问心无愧，死了也口眼不闭；活在世上多种几年田，有益无害，完全应该提供宽裕的时间，没有任何匆忙的必要。想到这里，陈奂生高兴起来，他嘴巴干燥，笑不出声，只是两个嘴角，向左右同时咧开，露出一个微笑。那扶在椅上的右手，轻轻提了起来，像听到了美妙的乐曲似的，在右腿上赏心地拍了一拍，松松地吐出口气，便一头横躺在椅子上卧倒了。

三

　　一觉醒来，天光已经大亮，陈奂生体肢瘫软，头脑不清，眼皮发沉，喉咙痒痒地咳了几声；他懒得睁眼，翻了一个身便又想睡。谁知此身一翻，竟浑身颤了几颤，一颗心像被线穿着吊了几吊，牵肚挂肠。他用手一摸，身下贼软；连忙一个翻身，低头望去，证实自己猜得一点不错，是睡在一张棕绷大床上。陈奂生吃了一惊，连忙平躺端正，闭起眼睛，要弄清楚怎么会到这里来的。他好像有点印象，一时又糊涂难记，只得细细琢磨，好不容易才想出了县委吴书记和他的汽车，一下子理出头绪，把一串细关节脉都拉了出来。

　　原来陈奂生这一年真交了好运，逢到急难，总有救星。他发高烧昏睡不久，候车室门口就开来一部吉普车，载来了县委书记吴楚。

他是要乘十二点一刻那班车到省里去参加明天的会议。到火车站时，刚只十一点四十分，吴楚也就不忙，在候车室徒步起来，那司机一向要等吴楚进了站台才走，免得他临时有事找不到人，这次也照例陪着。因为是半夜，候车室旅客不多，吴楚转过半圈，就发现了睡着的陈奂生。吴楚不禁笑了起来，他今秋在陈奂生的生产队里蹲了两个月，一眼就认出他来，心想这老实肯干的忠厚人，怎么在这儿睡着了？若要乘车，岂不误事。便走去推醒他；推了一推，又发现那屁股底下，垫着个瘪包，心想坏了，莫非东西被偷了？就着紧推他，竟也不醒。这吴楚原和农民玩惯了的，一时调皮起来就着捏他的鼻子；一摸到皮肤热辣辣，才晓得他病倒了，连忙把他扶起，总算把他弄醒了。

这些事情，陈奂生当然不晓得。现在能想起来的，是自己看到吴书记之后，就一把抓牢，听到吴书记问他："你生病了吗？"他点点头。吴书记问他："你怎么到这里来的？"他就去摸了摸旅行包。吴书记问他："包里的东西呢？"他就笑了一笑。当时他说了什么？究竟有没有说？他都不记得了；只记得吴书记好像已经完全明白了他的意思，便和驾驶员一同扶他上了车，车子开了一段路，叫开了一家门（机关门诊室），扶他下车进去，见到了一个穿白衣服的人，晓得是医生了。那医生替他诊断片刻，向吴书记笑着说了几句话（重感冒，不要紧），倒过半杯水，让他吃了几片药，又包了一点放在他口袋里，也不曾索钱，便代替吴书记把他扶上了车，还关照说："我这儿没有床，住招待所吧，安排清静一点的地方睡一夜就好了。"车子又开动，又听吴书记说："还有十三分钟了，先送我上车站，再送他上招待所，给他一个单独房间，就说是我的朋友……"

陈奂生想到这里，听见自己的心扑扑跳得比打钟还响，合上的眼皮，流出晶莹的泪珠，在眼角膛里停留片刻，便一条线挂下来了。这个吴书记真是大好人，竟看得起他陈奂生，把他当朋友，一旦有难，能挺身而出，拔刀相助，救了他一条性命，实在难得。

　　陈奂生想，他和吴楚之间，其实也谈不上交情，不过认识罢了。要说有什么私人交往，平生只有一次。记得秋天吴楚在大队蹲点，有一天突然闯到他家来吃了一顿便饭，听那话音，像是特地来体验体验"漏斗户"的生活改善到什么程度的。还带来了一斤块块糖，给孩子们吃。细算起来，等于两顿半饭钱。那还算什么交情呢！说来说去，是吴书记做了官不曾忘记老百姓。

　　陈奂生想罢，心头暖烘烘，眼泪热辣辣，在被口上拭了拭，便睁开来细细打量这住的地方，却又吃了一惊。原来这房里的一切，都新堂堂、亮澄澄，平顶（天花板）白得耀眼，四周的墙，用青漆漆了一人高，再往上就刷刷白，地板暗红闪光，照出人影子来；紫檀色五斗橱，嫩黄色写字台，更有两张出奇的矮凳，比太师椅还大，里外包着皮，也叫不出它的名字来。再看床上，垫的是花床单，盖的是新被子，雪白的被底，崭新的绸面，刮刮叫三层新①。陈奂生不由自主地立刻在被窝里缩成一团，他知道自己身上（特别是脚）不大干净，生怕弄脏了被子……随即悄悄起身，悄悄穿好了衣服，不敢弄出一点声音来，好像做了偷儿，被人发现就会抓住似的。他下了床，把鞋子拎在手里，光着脚跑出去；又眷顾着那两张大皮椅，走近去摸一摸，轻轻捺了捺，知道里边有弹簧，却不敢坐，怕压瘪

---

　　① 三层新：被面、被里、被絮都是新的。——作者原注

了弹不饱。然后才真的悄悄开门，走出去了。

到了走廊里，脚底已冻得冰冷，一瞧别人是穿了鞋走路的，知道不碍，也套上了鞋。心想吴书记照顾得太好了，这哪儿是我该住的地方！一向听说招待所的住宿费贵，我又没处报销，这样好的房间，不知要多少钱，闹不好，一夜天把顶帽子钱住掉了，才算不来呢。

他心里不安，赶忙要弄清楚。横竖他要走了，去付了钱吧。

他走到门口柜台处，朝里面正在看报的大姑娘说："同志，算账。"

"几号房间？"那大姑娘恋着报纸说，并未看他。

"几号不知道。我住在最东那一间。"

那姑娘连忙丢了报纸，朝他看看，甜甜地笑着说："是吴书记汽车送来的？你身体好了吗？"

"不要紧，我要回去了。"

"何必急，你和吴书记是老战友吗？你现在在哪里工作？……"大姑娘一面软款款地寻话说，一面就把开好的发票交给他。笑得甜极了。陈奂生看看她，真是绝色！

但是，接到发票，低头一看，陈奂生便像给火钳烫着了手。他认识那几个字，却不肯相信。"多少？"他忍不住问，浑身燥热起来。

"五元。"

"一夜天？"他冒汗了。

"是一夜五元。"

陈奂生的心，忐忑忐忑大跳。"我的天！"他想："我还怕困掉一顶帽子，谁知竟要两顶！"

"你的病还没有好，还正在出汗呢！"大姑娘惊怪地说。

千不该，万不该，陈奂生竟说了一句这样的外行语："我是半夜里来的呀！"

大姑娘立刻看出他不是一个人物，她不笑了，话也不甜了，像菜刀剁着砧板似的笃笃响着说："不管你什么时候来，横竖到今午十二点为止，都收一天钱。"这还是客气的，没有嘲笑他，是看了吴书记的面子。

陈奂生看着那冷若冰霜的脸，知道自己说错了话，得罪了人，哪里还敢再开口，只得抖着手伸进袋里去摸钞票，然后细细数了三遍，数定了五元；交给大姑娘时，那外面一张人民币，已经半湿了，尽是汗。

这时大姑娘已在看报，见递来的钞票太零碎，更皱了眉头。但她还有点涵养，并不曾说什么，收进去了。

陈奂生出了大价钱，不曾讨得大姑娘欢喜，心里也有点忿忿然。本想一走了之，想到旅行包还丢在房间里，就又回过来。

推开房间，看看照出人影的地板，又站住犹豫："脱不脱鞋？"一转念，忿忿想道："出了五块钱呢！"再也不怕弄脏，大摇大摆走了进去，往弹簧太师椅上一坐："管它，坐瘪了不关我事，出了五元钱呢。"

他饿了，摸摸袋里还剩一块僵饼，拿出来啃了一口，看见了热水瓶，便去倒一杯开水和着饼吃。回头看刚才坐的皮凳，竟没有瘪，便故意立直身子，扑通坐下去……试了三次，也没有坏，才相信果然是好家伙。便安心坐着啃饼，觉得很舒服。头脑清爽，热度退尽了，分明是刚才出了一身大汗的功劳。他是个看得穿的人，这时就有了兴头，想道："这等于出晦气钱——譬如买药吃掉！"

啃完饼，想想又肉痛起来，究竟是五元钱哪！他昨晚上在百货店看中的帽子，实实在在是二元五一顶，为什么睡一夜要出两顶帽钱呢？连沈万山①都要住穷的；他一个农业社员，去年工分单价七角，困一夜做七天还要倒贴一角，这不是开了大玩笑！从昨半夜到现在，总共不过七八个钟头，几乎一个钟头要做一天工，贵死人，真是阴错阳差，他这副骨头能在那种床上躺尸吗！现在别的便宜拾不着，大姑娘说可以住到十二点，那就再困吧，困到足十二点走，这也是捞着多少算多少。对，就是这个主意。

这陈奂生确是个向前看的人，认准了自然就干，但刚才出了汗，吃了东西，脸上嘴上，都不惬意，想找块毛巾洗脸，却没有。心一横，便把提花枕巾捞起来干擦了一阵，然后衣服也不脱，就盖上被头困了，这一次再也不怕弄脏了什么，他出了五元钱呢。——即使房间弄成了猪圈，也不值！

可是他睡不着，他想起了吴书记。这个好人，大概只想到关心他，不曾想到他这个人经不起这样高级的关心。不过人家忙着赶火车，哪能想得周全！千怪万怪，只怪自己不曾先买帽子，才伤了风，才走不动，才碰着吴书记，才住招待所，才把油绳的利润搞光，连本钱也蚀掉一块多……那么，帽子还买不买呢？他一狠心：买，不买还要倒霉的！

想到油绳，又觉得肚皮饿了。那一块僵饼，本来就填不饱，可惜昨夜生意太好，油绳全卖光了，能剩几袋倒好；现在懊悔已晚，再在这床上困下去，会越来越饿，身上没有粮票，中饭到哪里去吃！

---

① 沈万山：民间传说里的大富翁。——作者原注

到时候饿得走不动,难道再在这儿住一夜吗?他慌了,两脚一蹬,把被头踢开,拎了旅行包,开门就走。此地虽好,不是久恋之所,虽然还剩得有二三个钟点,又带不走,忍痛放弃算了。

他出得门来,再无别的念头,直奔百货公司,把剩下来的油绳本钱,买了一顶帽子,立即戴在头上,飘然而去。

一路上看看野景,倒也容易走过;眼看离家不远,忽然想到这次出门,连本搭利,几乎全部搞光,马上要见老婆,交不出账,少不得又要受气,得想个主意对付她。怎么说呢?就说输掉了;不对,自己从不赌。就说吃掉了;不对,自己从不死吃。就说被扒掉了;不对,自己不当心,照样挨骂。就说做好事救济了别人;不对,自己都要别人救济。就说送给一个大姑娘了,不对,老婆要犯疑……那怎么办?

陈奂生自问自答,左思右想,总是不妥。忽然心里一亮,拍着大腿,高兴地叫道:"有了。"他想到此趟上城,有此一番动人的经历,这五块钱花得值透。他总算有点自豪的东西可以讲讲了。试问,全大队的干部、社员,有谁坐过吴书记的汽车?有谁住过五元钱一夜的高级房间?他可要讲给大家听听,看谁还能说他没有什么讲的!看谁还能说他没见过世面?看谁还能瞧不起他,唔!……他精神陡增,顿时好像高大了许多。老婆已不在他眼里了;他有办法对付,只要一提到吴书记,说这五块钱还是吴书记看得起他,才让他用掉的,老婆保证服帖。哈,人总有得意的时候,他仅仅花了五块钱就买到了精神的满足,真是拾到了非常的便宜货,他愉快地划着快步,像一阵清风荡到了家门……

果然,从此以后,陈奂生的身份显著提高了,不但村上的人要听他讲，连大队干部对他的态度也友好得多，而且，上街的时候，背后也常有人指点着他告诉别人说："他坐过吴书记的汽车。"或者"他住过五块钱一夜的高级房间。"……公社农机厂的采购员有一次碰着他，也拍拍他的肩胛说："我就没有那个运气，三天两头住招待所，也住不进那样的房间。"

从此，陈奂生一直很神气，做起事来，更比以前有劲得多了。

选自《人民文学》1980年第2期

作家的话 ◇◇

他们（陈奂生们）善良而正直，无锋无芒，无所专长，平平淡淡，默默无闻，似乎无有足以称道者。他们是一些善于动手而不善于动口的人，勇于劳动而不善于思索的人；他们老实得受了损失不知道查究，单纯得受到了欺骗会无所察觉；他们甘于付出高额的代价换取极低的生活条件，能够忍受超人的苦难，去争得少有的欢乐；他们很少幻想，他们最善务实。他们活着，始终抱着两个信念：一是在任何艰难困苦的情况下，相信能依靠自己的劳动活下去；二是坚信共产党能够使他们的生活逐渐好起来。但是，他们的弱点确实是很可怕的，他们的弱点不改变，中国还会出皇帝的。

《且说陈奂生》

推荐者的话 ◇◇

《上城》是高晓声以陈奂生为主人公的系列小说中最为精彩的一篇，通过"漏斗户主"陈奂生上城卖油绳、买帽子、住招待所的经历及其微妙复杂的心理变化，生动惟妙地写出了背着历史重负的农民在新时期变革中的精神状态。陈奂生身上既体现出中国农民勤劳淳厚的品性，又带有愚昧的阿Q气。小说风格淳朴，幽默深沉，寓庄于谐，喜剧性的氛围包裹着引人深思的内容，适度夸张的心理描写中蕴藏着作者复杂的感情。

宋炳辉

王　蒙

海的梦 ◈

　　王蒙，祖籍河北南皮，1934 年出生于北京。1949 年起担任中共青年团干部，工作之余写作了长篇处女作《青春万岁》，后因反右运动在二十多年后始得发表。1956 年因发表揭露共产党内部工作中的官僚主义的小说《组织部新来的青年人》而引起争鸣。1957 年被划为右派。1979 年获平反后，发表大量作品，尤其是中短篇小说，以其广阔的思想内容和新颖的艺术形式，轰动文坛内外。

　　他较早采用意识流作为小说结构的轨迹，突破时空限制，着重心理描写，再加上奇诡幽默的语言，构成了独树一帜的艺术风格。至《在伊犁》系列小说，又以对边陲乡俗民风的特定情境生活的质朴记录，追求非小说的纪实感。新时期以来的主要作品有：小说集《深的湖》《木箱深处的紫绸花服》《王蒙中篇小说集》《加拿大的月亮》，长篇小说《活动变人形》《恋爱的季节》等，另外还有散文、随笔及文学评论集多种。有《王蒙选集》四卷。

下车的时候赶上了雷阵雨的尾巴。车厢里热烘烘、乱糟糟、迷腾腾的。一到站台，只觉得又凉爽，又安静，又空荡。潮润的空气里充满了深绿色的针叶树的芳香。闻到这种芳香的人，觉得自己也变得洁净和高雅了，从软席卧铺车厢下来了几个外国人，他们叽叽喳喳地说笑着，嗷、嗷地拉长着声音。"哈啰"，他们向缪可言挥了挥手，缪可言也向他们点头致意。有一个外国女人笑得非常温和，她长得并不好看，但是有很好的身材，走起路来也很见精神。此外没有什么人上车和下车。但是站台非常之大，一尘不染，清洁得令人吃惊。一幢幢方方正正的小房子，好像在《格林童话集》的插图里见到过似的，红色的瓦顶子晶晶地闪光。这个著名的海滨疗养胜地的车站，有自己的特别高贵的风貌。

　　说来惭愧，作为一个翻译家，作为一个搞了多半辈子外国文学的研究与介绍的专门家，五十二岁的缪可言却从来没有到过外国，甚至没有见过海。他向往海。年轻的时候他爱唱一首歌：

　　　　从前在我少年时……
　　　　朝思暮想去航海，
　　　　但海风使我忧，波浪使我愁……

　　这是奥地利的歌儿吗？还有一首，是苏联的：

我的歌声飞过海洋……

不怕狂风，不怕巨浪，

因为我们船上有着

年轻勇敢的船长……

这两首歌便构成了他的青春，他的充满了甜蜜与苦恼的初恋。爱情，海洋，飞翔，召唤着他的焦渴的灵魂。A、B、C、D，事业就从这里开始，又从这里被打成"特嫌"。巨浪一个接着一个。五十二岁了，他没有得到爱情，他没有见过海洋，更谈不上飞翔……然而他却几乎被风浪所吞噬。你在哪里呢？年轻勇敢的船长！

汽车在雨后的柏油路面上行驶。两旁是高大茂密的槐树。这里的槐树，有一种贵族的傲劲儿。乌云正在头顶上散开。"马上就可以看见海了"，休养所的汽车驾驶员完全了解每一个初到这里的客人的心理，他介绍说。

海，海！是高尔基的暴风雨前的海吗？是安徒生的绚烂多姿、光怪陆离的海吗？还是他亲自呕心沥血地翻译过的杰克·伦敦或者海明威所描绘的海呢？也许，那是李姆斯基·柯萨考夫的《谢赫拉萨达组曲》里的古老的、阿拉伯人的海吧？

不，它什么都不是。它出现了，平稳，安谧，叫人觉得懒洋洋。是一匹与灰蒙蒙的天空浑成一体，然而比天的灰更深、更亮也更纯的灰色的绸缎。是高高地悬在地平线上的一层乳胶。隐隐约约，开始看到了绸缎的摆拂与乳胶的颤抖，看到了在笔直的水平线上下时隐时现、时聚时分的曲线，看到了昙花一现地生生灭灭的雪白的浪花。这是什么声音？是真的吗？在发动机的嗡嗡与车轮的沙沙声中，他若有若无地开始听到了浪花飞溅的溅溅声响。阴云被高速行驶的汽车越来越抛在后面了。下午的阳光耀眼，一朵一朵的云彩正在由灰变白。天啊，海也变了，蓝色的玉，黄金的浪和黑色的云影。海鸥贴着海面飞翔。可以看见海鸥的白肚皮。天水相接的地方出现了一个小黑点，一个白点，一挂船上的白帆和一条挂着白帆的船。"大海，我终于见到了你！我终于来到了你的身边，经过了半个世纪的思恋，经过了许多磨难，你我都白了头发——浪花！"

晚了，晚了。生命的最好的时光已经过去了。当他因为"特嫌"和"恶攻"而被投放到"号子"里的时候，当铁门哐的一声关死，当只有在六天一次的倒马桶的轮值的时候，他才能见到蓝天，见到阳光，得到冷得刺骨的或者热得烫脸的风的吹拂的时候，还谈得上什么对于海的爱恋和想念呢？而现在，当他在温暖的海水里仰泳的时候，当他仰面朝天，眯起眼睛，任凭光滑如缎的海浪把自己漂浮摇动的时候，他感到幸福，他感到舒张，他感到一种身心交瘁后的休息，他感到一种漠然的满足。也许，他愿意这样永远地，日久天长地仰卧在大海的碧波之上。然而，激情在哪里？青春在哪里？跃跃欲试的劲头在哪里？欢乐和悲痛的眼泪的热度在哪里？

他愧对组织上和同志们、老友们对他的关怀。平反——总有一天，中国人会到古汉语辞典里去查这些难解的词的吧？还有什么"特嫌"，"恶攻"，"反标"这些古老的汉语的生硬的缩写，出现了崭新的不通的词汇，但他感谢这种离奇的缩写，它给那些荒唐的颠倒涂上了一层灰雾——以后领导上和同事们最关心他的是两件事，一个是好好疗养一下，将息一下身体，恢复一下健康。一个是刻不容缓地建立一个家庭。

对于前一点，缪可言终于接受了安排。对于后一点，他茫然，木然，黯然。"年轻的时候你想得太玄，后来又是由于政治运动的原因，现在呢，你总该安定团结地过过日子了吧？"同事们说。

然而，桃花、枣花，各有各的开花时刻。萝卜、白菜，各有各的播种节令。误了时间，事情就会走向自己的反面。《一千零一夜》里的装在瓶子里的魔鬼，最初许多年曾经准备报酬给释放他的人以全世界的财富，但是，在绝望地等待以后，他却决心吃掉他的迟来的解放者。当然，他这样做的结果是无可逃避地被重新装进了瓶子。

当热心的同事一个又一个地给他"介绍对象"的时候，他不知为什么想起了这个故事。自然，他没有想吃人，没有准备以仇报德。他只是联想到自己误了点，过了站，无法重做少年。他联想到不论什么样的好酒，如果发酵过度也会变成酸醋。俱往矣，青春、爱情，和海的梦！

所以，他一听到"对象"二字便逃之夭夭，并为自己的逃之夭夭而讨厌自己。他想起了安徒生的童话《老单身汉的睡帽》。他想起了王尔德的童话《自私的巨人》，没有孩子的花园不会得到春天的光顾。是的，他的心里还堆积着冬日的冰雪。

然而大海没有厌弃他。大海也像与他神交已久，终得见面的旧友——新朋。他从没有变心，他从没有疲劳，她从没有告退，她永远在迎接他，拥抱他，吻他，抚摸他，敲击他，冲撞他，梳洗他，压他。时而是蓝色的，时而是黄绿色的，时而是银灰色的。而当狂风怒卷的时候，海浪变成了红褐色，像是用滚烫的水刚刚冲起的高浓度的麦乳精，稠糊糊的，泛着黏黏的泡沫，一座浪就像一座山，轰然而下，飘然而散，杳无痕迹，刚中有柔，道是无情却有情。

大浪激起了他的精神。他很快地适应了，当大浪袭来，他把头钻到水里呼气，在水里睁开双眼，眼看着浪潮从头顶涌过，耳听着大浪前进的轰轰的雷鸣般的声音，然后，他伸出头，吸气，划动双臂，面对着威严地向着他扑来的又一个浪头，又一次把头低下，冲了过去。海浪奈何不了他，更增添了游海的情趣。他在大风浪里一下子就游出去一千多米，早就越出了防鲨网。"我这么瘦，只能算是三级肉，鲨鱼不会吃我的。"他曾这样说。但是，就在他兴高采烈地几乎自诩为大海的征服者，乘风破浪的弄潮儿的时候，他的左小腿肚子抽了筋。他想起"恶攻"罪的"审讯"中左腿小腿肚子所挨的一脚来了，那是为了让他跪下。他看看四周，只有山一样的大浪，连海岸都看不见了。"难道到了地方了？"他一阵痉挛，咽了一口又苦又咸的海水。他愤怒了，他不情愿，他觉得冤屈。于是，他奋力挣扎。他年轻的时候毕竟是游泳的好手，虽然是在小小的游泳池里学的艺，却可以用在无边无涯的惊涛骇浪上。他搬动自己的脚掌，又踹了两踹，最后，他总算囫囵着回到了岸上。没有被江青吃掉的缪可言，也没有被海妖吞噬。

"然而，我是老了，不服也不行。"这一次，缪可言深深地感到了这一点。什么老当益壮，重新焕发了青春啦；什么越活越年轻，五十二岁当作二十五岁过啦；所有这些可爱的豪言壮语都影响不了物质的铁一样的规律：细胞的老化，石灰质的增多，肌肉弹性的减退，心脏的劳损，牙齿的龋坏，皱纹的增多，记忆力的衰退……

而且他发现疗养地的人们大多是和他年龄相仿的人，如果不是更大的话。年近半百，须发花白的；弯腰驼背，老态龙钟的；还有扶着拐杖，带着助听器的。随身携带着抢救心肌梗死症的硝酸甘油片，或者走到哪里都跟着医生，睡到哪里都先问有没有输氧设备的。这里的女同志不多，年龄也都不小了，绝大部分都腆着肚子。就连百货商场和食品店，西餐馆和中餐馆的服务员，也大多是四十来岁的人。他们业务熟练，对顾客态度好，沉稳、耐心，招待首长和外宾都万无一失。

这样，他找不到一个游泳的伴侣。风一大，天一阴，人们干脆就不到海边去了。即使在风平浪静，蓝天白云的上好天气，即使在海水清得可以看见每一条游鱼和每一团海藻的时候，即使海浪的拍拂轻柔得像母亲向摔痛了的孩子吹的气，大部分人也只是在离岸二十米以内，在海水刚没过脚脖子，最多刚没过膝盖的地方嬉戏。倒是清晨和傍晚的散步，涨潮和落潮时的捡拾贝壳，似乎还能多吸引一些人，人们悠悠地迈动步子，他们的庄严而又缓慢的移动，就像天上的云霞一样不慌不忙。

没有同伴是再不敢游那么远了。缪可言把自己的活动限制到防鲨网以内了。每次下水半个小时，最多四十分钟，然后他上岸躺在细沙上晒太阳。他闭上眼睛，眼睛里有许多暗红色的东西在飞舞，在变化和组合。好像是电子计算机上显示的符号。他觉得自己对不起这个海。海是这样大，这样袒露着胸怀，这样忠实而又热烈地迎接着他。来——吧，来——吧，每一排浪都这样叫着涌上沙滩，耍——吧，耍——吧，又这样叫着退了下去。

海——呀——我——爱——你！缪可言有时候也想向着带着咸味、腥味、广阔而自由的海风这样喊上一嗓子。但是他没有喊。周围都是些从容有礼，德高望重的人。他这种"小资产阶级"的狂喊，只能被视作精神病发作的征兆。

更多的时候，他只能沿着滨海的游览公路走来走去。从西山到东山（这是两个小小的半岛，小小的海湾），慢步要走一个半小时。岸边的被常年的海风吹得一面倒的红柳使他十分动情。这些经常出现在大西北的戈壁荒滩上的灌木却原来也常常长在海边。生活，地域，总是既区别又相通的。海岸像山坡一样地伸展上去，高处建造着一幢又一幢的小楼。站在小楼上看海，大概是很惬意的吧。而现在，站在岸边，视线却似乎达不到多远，他所期待的辽阔无垠的海景，还是没有看见。

一条水平线，（同样也应该叫作地平线吧？）限制了他的视野，真像是"框框"的一个边。原来，海水也是围在框框里的。当然，这里有眼睛的错觉。当他不是面向着海照直望去，而是按照海岸线的方向，向东面或者西面，延伸，扩展，望向远方的时候，他觉得自己是看到了很远很远的地方。正面看海的时候，地平线和海岸线横在眼前，而且远近都是一色的波浪，无从比较，无从判断。而侧面看过去呢，两条线是纵向的，岸上的景物又给人以距离的实感。于是，你的"观"感就大不相同了。虽然你一再提醒自己，由于地球是圆形的，那么你的视线在不受任何遮拦的情况下，也只能达到八公里处。正面看不会更少，侧面看也不会更多。然而这种科学的提醒，改变不了不科学的眼睛的真实的感觉。

真正辽阔的不是海而是天空，到海边去看天空吧，他多么想凌空展翅！坐在飞机上，哪怕上升到一万米，两万米，大概也体会不到一只燕子的快乐。燕子是靠自己的双翅，自己的身体，自己的羽毛和自己的膂力。燕子和天空是不可分割的一体，而波音707，却要把机舱密闭。只有站在地面上的人，才觉得坐着飞机的人升得很高，很高。

就站在海边，向往这铺天接海的云霞吧。大面积的，扇面形的云霞吧，从白棉花球的堆积，变成了金色的菠萝了。然后出现了一抹玫瑰红，一抹暗紫，像是远方的花圃，雪青色，灰黑色，褐色和淡黄色时隐时现，掺和在一起。整个的天空和海洋也随着这云霞的色彩而渐渐暗下来了，陡地一亮，落日终于从云霞的怀抱里落到了海上，好像吐出了一个大鸭蛋黄，由橙黄，橙红，变得鲜红，由大圆变成了扁圆，最后被汹涌的海潮吞没了。

缪可言常常仰视天空。海边的天空是不刺目的。就像海边的太阳不会灼伤人的皮肤。浓雾一样的水汽吸收了多余的热和光。看着这天空，他感到一种轻微的，莫名的惆怅。巨大的，永恒的天空和渺小的，有限的生命。又一天过去了，过去了就永不再来。

一到这时，他就有一种强烈的冲动，脱下衣服，游过去，不管风浪，不管水温，不管鲨鱼或是海蜇，不管天正在逐渐地黑下来，黄昏后面无疑是好多个小时的黑夜。就向着天与海连接的地方，就向着由扇面形已经变成了圆锥形的云霞的尖部所指示的地方游去吧，真正的海，真正的天，真正的无垠就在那里呢。到了那里，你才能看到你少年时候梦寐以求的海洋，得到你至今两手空空的大半生的关于海的梦。星星，太阳，彩云，自由的风，龙王，美人鱼，白鲸，碧波仙子，全在那里呢，全在那里呢！

"呵，我的充满了焦渴的心灵，激荡的热情，离奇的幻想和童稚的思恋的梦中的海啊，你在哪里？"

然而，他游不过去了，那该死的左腿的小腿肚子！那无法变成二十五的五十二个逝去了的年头！

也许，不游过去更好一些？北欧一个作家描写过这样一个神奇的小岛，它有着无与伦比的美丽，它吸引着几个少年人的心。最后，当这几个少年人，等到天寒地冻，费尽千辛万苦，用整整一天的时间滑雪前去造访了这个小岛之后，他们才发现，小岛上除了干枯暗淡的石头以外，什么都没有。小说极为精彩地刻画了这种因为找到了梦所以失去了梦的痛苦。何况，缪可言已经过了做梦的年纪！

所以，他想离去。梦想了五十年，只待了五天。虽然这里就像天堂。不仅和阴潮的，恶臭的，绝望的监牢比是天堂，而且和他的忙碌、简朴、艰窘的日常生活相比也是天堂。到处都有整齐如带的一排又一排的树，哪一排是法国梧桐，哪一排是中国梧桐，都不会错的。连交通民警的白色制服也特别耀眼，连大风也不会扬起哪怕一点点尘土。因为这里没有尘土。这里的土质是一种褐红色的细沙，是一种好像在医院里用生理盐水反复冲洗过的细沙。它毫不粘连，毫无污染。而且街道上每天都要一遍又一遍地洒水和清扫。在这里换上新衬衫，一连过去几天，领子和袖口也不会脏。

他住的疗养所栽着许多花。低头可以赏花，抬头可以望海。可以站在前廊上数过往的帆船的数目。夜间，大家都入睡了以后，他可以清晰地听到大海的潮声，像儿时听到了睡眠着的母亲的呼吸。大海有多悠久，这海的呼吸就有多悠久。大海有多沉着，这海潮的起伏就有多沉着。而当海风骤紧了的时候，他听得到海的咆哮，海的呐喊，海的欢呼，好像是千军万马的厮杀。

而且这里有很好的伙食。人的一生中不是总能够吃到好东西的。在"号子"里的时候，寂寞压迫得人们要发狂。这时不知道谁搞到了一本残缺的成语词典。于是"犯人"们玩起算命来，不看书，自己报一个页码和第几条目，然后翻开查看，撞上什么成语，就说明自己的命运是什么。当然，如果翻开一看是"罪该万死"、"遗臭万年"或者"杀一儆百"，那就不免要垂头丧气一番。如果是"前程似锦"、"苦尽甘来"或者"山重水复疑无路，柳暗花明又一村"，就会引起一阵欢笑。缪可言唯一一次找出的成语竟是"山珍海味"，这四个字带来了多少希望和快乐呀！美美的一顿精神会餐！（各自绘形绘色地描述自己吃过的美味。）现在呢，山珍虽然无有，海味却是管饱。鱼、螃蟹、虾、海蜇、海带直到海白菜……食油按每人每月一公斤供应，四倍于城市居民。而且缪可言每天伙食费只交六角，却按一块八的标准吃。休养所的彩色电视机是二十时的。休养所有乒乓、扑克、康乐球、围棋和象棋。邻近的休养所还经常放映外国新片。

那么，他究竟缺少了什么呢？这里究竟缺少什么呢？那些非正常死亡的战友的亡灵永远召唤不回来了，自己的一番雄志壮心也永远召唤不回来了。他说要走，惹得休养所所长十分不安。我们的工作有什么差池么？服务员的态度不好么？伙食不合口味么？蚊帐挡不住蚊虫和小咬么？和其他的休养员有什么"关系"问题么？所长热烈地挽留他。他的介绍信上本来开的是疗养一个月。

但他若有所失。天太大。海太阔。人太老。游泳的姿势和动作太单一。胆子和力气太小。舌苔太厚。词汇太贫乏。胆固醇太多。梦太长。床太软。空气太潮湿。牢骚太盛。书太厚。

所以他坚持要走。确定了要走，情绪好了一些，晚上多喝了一碗大米绿豆稀饭。多夹了两筷子香油拌的酱苤蓝丝。饭后，照例和休养员伙伴沿着海岸散步，照例看天，云，海，浪花，渔船。再见吧，原谅我！他对海说。他好像一个长大了、不愿意守着母亲生活的孩子，在向母亲请求宽恕。我走了，他说。

快要入睡的时候，他走到果园里方便了一下。他走回前廊，伸长脖子，看了一下海，只见一片素雅的银光，这是他从来没有看到过的，哦，今夜有怎样团圞的明月！海上生明月，天涯共此时。在满月下面，海是什么样子的呢？不肖的儿子再向母亲告一次别吧，于是，他披上一件衣服，换上布鞋，悄悄一个人走出去了。

他感到震惊。夜和月原来有这么大的法力！她们包容着一切，改变着一切，重新涂抹和塑造着一切。一切都与白天根本不同了。红柳，松柏，梧桐，洋槐；阁楼，平房，更衣室和淋浴池；海岸，沙滩，巉岩，曲曲弯弯的海滨游览公路，以及海和天和码头，都模糊了，都温柔了，都接近了，都和解了，都依依地联结在一起。所有的差别——例如高楼和平地，陆上和海上——都在消失，所有的距离都在缩短，所有的纷争都在止歇，所有的激动都在平静下来，连潮水涌到沙岸上也是轻轻地，试探地，文明地，生怕打搅谁或者触犯谁。

而超过这一切，主宰这一切，统治着这一切的是一片浑然的银光。亮得耀眼的，活泼跳跃的却又是朦胧悠远的海波支持着布满清辉的天空，高举着一轮小小的、乳白色的月亮。在银波两边，月光连接不到的地方，则是玫瑰色的，一眼望不到头的黑暗，随着缪可言的漫步，"银光区"也在向前移动。这天海相连，缓缓前移的银光区是这样地撩人心绪，缪可言快要流出泪来了。这一切都是安排好了的，海在他即将离去的前一个夜晚，装扮好了自己，向他温存，向他流盼，向他微笑，向他喁喁地私语。

海——呀——我——爱——你——！他终于喊出了声，声音并不大，他已经没有当年的好嗓子。然而他惊起了一对青年男女。他完全没有注意到，就在他脚下的岩石上，有一对情侣正依偎在一起。他完全没有思想准备，完全想不到他会打扰年轻人。因为这里和城市的公园或者游泳池不同，这里简直就没有什么年轻人。但是，他确实已经打扰了人家，女青年已经从岩石上站了起来，离开了男青年的怀抱。他恍惚看到了女青年的淡色的发髻。他怀着一种深深的歉疚，三步并两步地离开了这个地方。他非常懊悔，却又觉得很高兴，很满意。年轻人在月夜海滨，依偎着坐在一起，这很好。海和月需要青春。青春也需要海和月。但他们是谁呢？休养员里没有这样年轻的，服务人员里也没有这样年轻的。事后他才依稀感到了在自己的耳膜上残留着轻微的本地口音。那么说是农民！一定是农民！是社员！是回乡知识青年？是公社干部？还只是最一般的农民？反正是青年。反正农民也爱海，爱月，爱这"银光区"。那就更好。这天和地，海和人，都显得甜甜的了。

这是什么声音？哗——哗——，不是浪，不是潮，这只能是人的手臂划动海水的声音。他顺着这声音找去，他看到了在他刚离去的岩石下面，似乎有两个人在游海。难道是那两个青年下去游水了么？他们不觉得凉么？他们不怕黑么？他们把衣服放到了哪里？喔哟，看，那两个人已经游了那么远，他们在向着他向往过许多次，却从来没有敢于问津的水天相接的亮晶晶的地方游去了呢。

缪可言觉得有点眼花，这流动的，摇摆的，破碎的和粘连的银光真叫人眼花缭乱。是不是他看错了呢？那里是两个人吗？人有这样的游水速度吗？难道是鱼？人鱼？美人鱼？

不，那不会错，那就是人，就是刚刚被惊动了的那两位热恋中的青年人。缪可言又有什么怀疑的呢？如果是他自己，如果倒退三十年，如果他和他的心爱的姑娘在一起，他难道会怕黑吗？会嫌冷吗？会躲避这泛着银光的波浪吗？不，他和她会一口气游出去八千米。就是八公里，就是那个极目所至的地方。爱情，青春，自由的波涛，一代又一代地流动着，翻腾着，永远不会老，永远不会淡漠，更永远不会中断。它们永远和海，和月，和风，和天空在一起。

他唱起了一支歌。他怀着隐秘的激情回到了休养所。入睡之前，他一下子想起了好几首诗，普希金的，莱蒙托夫的，拜伦的，雪莱的，惠特曼的，还有他自己的。他睡了，嘴角上带着微笑。

"怎么样？这海边也没有太大的意思吗？"送他走的汽车驾驶员说。这位驾驶员是一个善知人意的心理学家。而且他已经得悉缪可言是个古板的，其貌不扬的老单身汉。然而这回他错了。缪可言回答道：

"不，这个地方好极了，实在是好极了。"

写于一九八〇年四月

选自《夜的眼及其他》

花城出版社 1985 年版

作家的话 ◇◇

故国八千里，风云三十年，我如今的起点在这里。……虽然对于那些消极的东西我也表现了尖酸刻薄，冷嘲热讽，但是，我已经懂得了"凡存在的都是合理的"的道理，懂得了讲"费厄泼赖"，讲恕道，讲宽容和耐心，讲安定团结。尖酸刻薄后面我有温情，冷嘲热讽后面我有谅解，痛心疾首后面我仍然满怀热忱地期待着。我还懂得了人不能没有理想，但理想毕竟不可能一下子变成现实，懂得了用小说干预生活毕竟比脚踏实地地去改变生活容易。所以我写小说的时候，比起来用小说揭露矛盾、推动社会政治问题的解决，我更着眼于给读者的启迪、鼓舞和慰安。

《我在寻找什么》

评论家的话 ◈

我很难说我最喜欢你的是哪一篇，但是《海的梦》的确是又向我展示了一颗柔软、善良、相信现在和将来，因而是有信心的心。用诗歌的形式也许反而表现不了这样的诗。作者似乎没有把镜头对准丑恶，一下也看不见什么尖锐的矛盾，然而它引起的联想却是那么多。它的艺术效果，对于我这样年龄的人来说，几乎近于残酷。我比缪可言（《海的梦》的主人公）还要大十三岁：一九六一年我最高纪录游过八百米，而一九七〇年（在干校附近的一个小湖里）我连一百米也游不动了。以上这些不过是一些不太重要的比较。重要的又不大好比较的东西，是在失去的时间里我们各自究竟失去了一些什么，又共同失去了一些什么。这也许是一种患得患失的想法，可是制止不了人们要去想的，而这个想法，毕竟不完全是属于个人的，因而也不见得就属于"崇高"的反面。

海，是多少人向往的东西啊，它既是现实的，又是象征的。为它谱曲，可以各种各样。我听到你的曲子并不是波涛汹涌，然而却激起了一个"老年人"的心潮澎湃。

……但是你的好心并不想让我走到地狱里去。那个结尾，并不长，顶多两三个镜头，把我引向了一个不十分清晰然而的确可以和未来、青春、希望等相联系的境界里。这不是说教，因为画面、音响说服了我。

　　下午，我的精神就好了起来。

严文井：《致王蒙的信》

金 庸

传剑 （《笑傲江湖》节选）

金庸，原名查良镛，1924 年生于浙江海宁。早年曾在上海任《大公报》记者。1948 年去香港。曾任《新晚报》副刊编辑、长城电影公司编剧等，并与人合作导演过影片。20 世纪 60 年代初与沈宝新合作创办的《明报》成为香港最有影响的大报之一。

《笑傲江湖》是金庸结构最为精美的长篇小说代表作之一，最初写作于 20 世纪 60 年代，后于 1980 年修订再版。小说以各种江湖势力追寻武林秘籍《辟邪剑谱》为线索，叙述了少林、武当、青城、五岳剑派（所谓正派）与日月神教（所谓魔教）的争斗以及其间错综复杂的关系和江湖风波的险恶。小说刻画了众多性格鲜明的人物，情节紧张激烈，许多段落富有很深的哲理。这里的《传剑》选自第十章，是小说关键性的段落之一。久隐江湖的前辈高人风清扬，在这里突然现身向小说主人公令狐冲传授了武林绝学"独孤九剑"，使令狐冲由此渐窥上乘武学的门径，眼前出现了一片崭新的天地。

令狐冲大吃一惊，回过头来，见山洞口站着一个白须青袍老者，神气抑郁，脸如金纸。令狐冲心道："这老先生莫非便是那晚的蒙面青袍人？他是从哪里来的？怎地站在我身后，我竟没半点知觉？"心下惊疑不定，只听田伯光颤声道："你……你便是风老先生？"

那老者叹了口气，说道："难得世上居然还有人知道风某的名字。"

令狐冲心念电转："本派中还有一位前辈，我可从来没听师父、师娘说过，倘若他是顺着田伯光之言随口冒充，我如上前参拜，岂不令天下好汉耻笑？再说，事情哪里真有这么巧法？田伯光提到风清扬，便真有一个风清扬出来。"

那老者摇头叹道："令狐冲你这小子，实在也太不成器！我来教你。你先使一招'白虹贯日'，跟着便使'有凤来仪'，再使一招'金雁横空'，接下来使'截剑式'……"一口气滔滔不绝地说了三十招招式。

那三十招招式令狐冲都曾学过，但出剑和脚步方位，却无论如何连不在一起。那老者道："你迟疑什么？嗯，三十招一气呵成，凭你眼下的修为，的确有些不易，你倒先试演一遍看。"他嗓音低沉，神情萧索，似是含有无限伤心，但语气之中自有一股威严。令狐冲心想："便依言一试，却也无妨。"当即使一招"白虹贯日"，剑尖朝天，第二招"有凤来仪"便使不下去，不由得一呆。

那老者道："唉，蠢材，蠢材！无怪你是岳不群的弟子，拘泥不化，不知变通。剑术之道，讲究如行云流水，任意所之。你使完那招'白虹贯日'，剑尖向上，难道不会顺势拖下来吗？剑招中虽没这等姿式，难道你不会别出心裁，随手配合么？"

这一言登时将令狐冲提醒，他长剑一勒，自然而然地便使出"有凤来仪"，不等剑招变老，已转"金雁横空"。长剑在头顶划过，一勾一挑，轻轻巧巧的变为"截手式"，转折之际，天衣无缝，心下甚是舒畅，当下依着那老者所说，一招一式地使将下去，使到"钟鼓齐鸣"收剑，堪堪正是三十招，突然之间，只感到说不出的欢喜。

那老者脸色间却无嘉许之意，说道："对是对了，可惜斧凿痕迹太重，也太笨拙。不过和高手过招固然不成，对付眼前这小子，只怕也将就成了。上去试试罢！"

令狐冲虽尚不信他便是自己太师叔，但此人是武学高手，却绝无可疑，当即长剑下垂，躬身为礼，转身向田伯光道："田兄请！"

田伯光道："我已见你使了这三十招，再跟你过招，还打个什么？"令狐冲道："田兄不愿动手，那也很好，这就请便。在下要向这位老前辈多多请教，无暇陪伴田兄了。"田伯光大声道："那是什么话？你不随我下山，田某一条性命难道便白白送在你手里？"转面向那老者道："风老前辈，田伯光是后生小子，不配跟你老人家过招，你若出手，未免有失身份。"那老者点点头，叹了口气，慢慢走到大石之前，坐了下来。

田伯光大为宽慰，喝道："看刀！"挥刀向令狐冲砍了过来。

令狐冲侧身闪避，长剑还刺，使的便是适才那老者所说的第四招"截剑式"。他一剑既出，后着源源倾泻，剑法轻灵，所用招式有些是那老者提到过的，有些却在那老者所说的三十招之外。他既领悟了"行云流水，任意所之"这八个字的精义，剑术登时大进，翻翻滚滚的和田伯光拆了一百余招。突然间田伯光一声大喝，举刀直劈，令狐冲眼见难以闪避，一抖手，长剑指向他胸膛。田伯光回刀削剑，当的一声，刀剑相交，他不等令狐冲抽剑，放脱单刀，纵身而上，双手扼住了他喉头。令狐冲登时为之窒息，长剑也即脱手。

田伯光喝道："你不随我下山，老子扼死你。"他本来和令狐冲称兄道弟，言语甚是客气，但这番百余招的剧斗一过，打得性发，牢牢扼住他喉头后，居然自称起"老子"来。

令狐冲满脸紫涨，摇了摇头。田伯光咬牙道："一百招也好，二百招也好，老子赢了，便要你跟我下山。他妈的三十招之约，老子不理了。"令狐冲想要哈哈一笑，只是给他十指扼住了喉头，无论如何笑不出声。

忽听那老者道："蠢材！手指便是剑。那招'金玉满堂'，定要用剑才能使吗?"

令狐冲脑海中如电光一闪，右手五指疾刺，正是一招"金玉满堂"，中指和食指戳在田伯光胸口"膻中穴"上。田伯光闷哼一声，委顿在地，抓住令狐冲喉头的手指登时松了。

令狐冲没想到自己随手这么一戳，竟将一个名动江湖的"万里独行"田伯光轻轻易易地便点倒在地。他伸手摸摸自己给田伯光扼得十分疼痛的喉头，只见这淫贼蜷缩在地，不住轻轻抽搐，双眼翻白，已晕了过去，不由得又惊又喜，霎时之间，对那老者钦佩到了极点，抢到他身前，拜伏在地，叫道："太师叔，请恕徒孙先前无礼。"说着连连磕头。

那老者淡淡一笑，说道："你再不疑心我是招摇撞骗了么?"令狐冲磕头道："万万不敢。徒孙有幸，得能拜见本门前辈风太师叔，实是万千之喜。"

那老者风清扬道："你起来。"令狐冲又恭恭敬敬地磕了三个头，这才站起，眼见那老者满面病容，神色憔悴，道："太师叔，你肚子饿么？徒孙洞里藏得有些干粮。"说着便欲去取？风清扬摇头道："不用！"眯着眼向太阳望了望，轻声道："日头好暖和啊，可有好久没晒太阳了。"令狐冲好生奇怪，却不敢问。

风清扬向缩在地上的田伯光瞧了一眼，说道："他给你戳中了膻中穴，凭他功力，一个时辰后便会醒转，那时仍会跟你死缠。你再将他打败，他便只好乖乖的下山去了。你制服他后，须得逼他发下毒誓，关于我的事决不可泄漏一字半句。"令狐冲道："徒孙适才取胜，不过是出其不意，侥幸得手，剑法上毕竟不是他的敌手，要制服他……制服他……"

风清扬摇摇头，说道："你是岳不群的弟子，我本不想传你武功。但我当年……当年……曾立下重誓，有生之年，决不再与人当真动手。那晚试你剑法，不过让你知道，华山派'玉女十九剑'倘若使得对了，又怎能让人弹去手中长剑？我若不假手于你，难以逼得这田伯光立誓守秘，你跟我来。"说着走进山洞，从那孔穴中走进后洞。令狐冲跟了进去。

风清扬指着石壁说道："壁上这些华山派剑法的图形，你大都已经看过记熟，只是使将出来，却全不是那一回事。唉！"说着摇了摇头。令狐冲寻思："我在这里观看图形，原来太师叔早已瞧在眼里。想来每次我都瞧得出神，以致全然没发觉洞中另有旁人，倘若……倘若太师叔是敌人……嘿嘿，倘若他是敌人，我就算发觉了，也难道能逃得性命?"

只听风清扬续道:"岳不群那小子,当真是狗屁不通。你本是块大好的材料,却给他教得变成了蠢牛木马。"令狐冲听得他辱及恩师,心下气恼,当即昂然说道:"太师叔,我不要你教了,我出去逼田伯光立誓不可泄漏太师叔之事就是。"

风清扬一怔,已明其理,淡淡地道:"他要是不肯呢?你这就杀了他?"令狐冲踌躇不答,心想田伯光数次得胜,始终不杀自己,自己又怎能一占上风,却便即杀他?风清扬道:"你怪我骂你师父,好罢,以后我不提他便是,他叫我师叔,我称他一声'小子',总称得罢?"令狐冲道:"太师叔不骂我恩师,徒孙自是恭聆教诲。"风清扬微微一笑,道:"倒是我来求你学艺了。"令狐冲躬身道:"徒孙不敢,请太师叔恕罪。"

风清扬指着石壁上华山派剑法的图形,说道:"这些招数,确是本派剑法的绝招,其中泰半已经失传,连岳……岳……嘿嘿……连你师父也不知道。只是招数虽妙,一招招的分开来使,终究能给旁人破了……"

令狐冲听到这里,心中一动,隐隐想到了一层剑术的至理,不由得脸现狂喜之色。风清扬道:"你明白了什么?说给我听听。"令狐冲道:"太师叔是不是说,要是各招浑成,敌人便无法可破?"

风清扬点了点头,甚是欢喜,说道:"我原说你资质不错,果然悟性极高。这些魔教长老……"一面说,一面指着石壁上使棍棒的人形。令狐冲道:"这是魔教中的长老?"风清扬道:"你不知道么?这十具骸骨,便是魔教十长老了。"说着手指地上一具骸骨。令狐冲奇道:"怎么这魔教十长老都死在这里?"风清扬道:"再过一个时辰，田伯光便醒转了，你尽问这些陈年旧事，还有时刻学武功么？"令狐冲道："是，是，请太师叔指点。"

风清扬叹了口气，说道："这些魔教长老，也确都是了不起的聪明才智之士，竟将五岳剑派中的高招破得如此干净彻底。只不过他们不知道，世上最厉害的招数，不在武功之中，而是阴谋诡计，机关陷阱。倘若落入了别人巧妙安排的陷阱，凭你多高明的武功招数，那也全然用不着了……"说着抬起了头，眼光茫然，总是想起了无数旧事。

令狐冲见他说得甚是苦涩，神情间更有莫大愤慨，便不敢接口，心想："莫非我五岳剑派果然是'比武不胜，暗算害人'？风太师叔虽是五岳剑派中人，却对这些卑鄙手段似乎颇不以为然。但对付魔教人物，使些阴谋诡计，似乎也不能说不对。"

风清扬又道："单以武学而论，这些魔教长老们也不能说真正已窥上乘武学之门。他们不懂得，招数是死的，发招之人却是活的。死招数破得再妙，遇上了活招数，免不了缚手缚脚，只有任人屠戮。这个'活'字，你要牢牢记住了。学招时要活学，使招时要活使。倘若拘泥不化，便练熟了几千万手绝招，遇上了真正高手，终究还是给人家破得干干净净。"

令狐冲大喜，他生性飞扬跳脱，风清扬这几句话当真说到了他心坎里去，连称："是，是！须得活学活使。"

风清扬道："五岳剑派中各有无数蠢材，以为将师父传下来的剑招学得精熟，自然而然便成高手，哼哼，熟读唐诗三百首，不会做诗也会吟！熟读了人家诗句，做几首打油诗是可以的，但若不能自出机杼，能成大诗人么？"他这番话，自然是连岳不群也骂在其中了，但令狐冲一来觉得这话十分有理，二来他并未直提岳不群的名字，也就没有抗辩。

风清扬道："活学活使，只是第一步。要做到出手无招，那才真是踏入了高手的境界。你说'各招浑成，敌人便无法可破'，这句话还只说对了一小半。不是'浑成'，而是根本无招。你的剑招使得再浑成，只要有迹可寻，敌人便有隙可乘。但如你根本并无招式，敌人如何来破你的招式？"

令狐冲一颗心怦怦乱跳，手心发热，喃喃地道："根本无招，如何可破？根本无招，如何可破？"陡然之间，眼前出现了一个生平从所未见，连做梦也想不到的新天地。

风清扬道："要切肉，总得有肉可切；要斩柴，总得有柴可斩；敌人要破你剑招，你须得有剑招给人家来破才成。一个从未学过武功的常人，拿了剑乱挥乱舞，你见闻再博，也猜不到他下一剑要刺向那里，砍向何处。就算是剑术至精之人，也破不了他的招式，只因并无招式，'破招'二字，便谈不上了。只是不曾学过武功之人，虽无招式，却会给人轻而易举的打倒。真正上乘的剑术，则是能制人而决不能为人所制。"他拾起地上的一根死人腿骨，随手以一端对着令狐冲，道："你如何破我这一招？"

令狐冲不知他这一下是什么招式，一怔之下，便道："这不是招式，因此破解不得。"

风清扬微微一笑，道："这就是了。学武之人使兵刃，动拳脚，总是有招式的，你只须知道破法，一出手便能破招制敌。"令狐冲道："要是敌人也没招式呢？"风清扬道："那么他也是一等一的高手了，二人打到如何便如何，说不定是你高些，也说不定是他高些。"

叹了口气，说道："当今之世，这等高手是难找得很了，只要能侥幸遇上一两位，那是你毕生的运气，我一生之中，也只遇上过三位。"令狐冲问道："是哪三位？"

风清扬向他凝视片刻，微微一笑，道："岳不群的弟子之中，居然有如此多管闲事、不肯专心学剑的小子，好极，妙极！"令狐冲脸上一红，忙躬身道："弟子知错了。"风清扬微笑道："没有错，没有错。你这小子心思活泼，很对我的脾胃。只是现下时候不多了，你将这华山派的三四十招融合贯通，设想如何一气呵成，然后全部将他忘了，忘得干干净净，一招也不可留在心中。待会便以什么招数也没有的华山剑法，去跟田伯光打。"

令狐冲又惊又喜，应道："是！"凝神观看石壁上的图形。

过去数月之中，他早已将石壁上的本门剑法记得甚熟，这时也不必再花时间学招，只须将许多毫不连贯的剑招设法串成一起就是。风清扬道："一切须当顺其自然。行乎其不得不行，止乎其不得不止，倘若串不成一起，也就罢了，总之不可有半点勉强。"令狐冲应了，只须顺乎自然，那便容易得紧，串得巧妙也罢，笨拙也罢，那三四十招华山派的绝招，片刻间便联成了一片，不过要融成一体，其间并无起讫转折的刻画痕迹可寻，那可十分为难了。他提着长剑左削右劈，心中半点也不去想石壁图形中的剑招，像也好，不像也好，只是随意挥洒，有时使到顺溜处，亦不禁暗暗得意。

他从师练剑十余年，每一次练习，总是全心全意的打起了精神，不敢有丝毫怠忽。岳不群课徒极严，众弟子练拳使剑，举手提足间只要稍离了尺寸法度，他便立加纠正，每一个招式总要练得十全十美，没半点错误，方能得到他点头认可。令狐冲是开山门的大弟子，又生来要强好胜，为了博得师父、师娘的赞许，练习招式时加倍的严于律己。不料风清扬教剑全然相反，要他越随便越好，这正投其所好，使剑时心中畅美难言，只觉比之痛饮数十年的美酒还要滋味无穷。

正使得如痴如醉之时，忽听得田伯光在外叫道："令狐兄，请你出来，咱们再比。"

令狐冲一惊，收剑而立，向风清扬道："太师叔，我这乱挥乱削的剑法，能挡得住他的快刀么？"风清扬摇头道："挡不住，还差得远呢！"令狐冲惊道："挡不住？"风清扬道："要挡，自然挡不住，可是你何必要挡？"

令狐冲一听，登时省悟，心下大喜："不错，他为了求我下山，不敢杀我。不管他使什么刀招，我不必理会，只是自行进攻便了。"当即仗剑出洞。

只见田伯光横刀而立，叫道："令狐兄，你得风老前辈指点诀窍之后，果然剑法大进，不过适才给你点倒，乃是一时疏忽，田某心中不服，咱们再来比过。"令狐冲道："好！"挺剑歪歪斜斜地刺去，剑身摇摇晃晃，没半分劲力。

田伯光大奇，说道："你这是什么剑招？"眼见令狐冲长剑刺到，正要挥刀挡格，却见令狐冲突然间右手后缩，向空处随手刺了一剑，跟着剑柄疾收，似乎要撞上他自己胸膛，跟着手腕立即反抖，这一撞便撞向后侧空处。田伯光更是奇怪，向他轻轻试劈一刀。令狐冲不避不让，剑尖一挑，斜刺对方小腹。田伯光叫道："古怪！"回刀反挡。

两人拆得数招，令狐冲将石壁上数十招华山剑法使了出来，只攻不守，便如自顾自练剑一般。田伯光给他逼得手忙脚乱，叫道："我这一刀你如再不挡，砍下了你的臂膀，可别怪我!"令狐冲笑道："可没这么容易。"刷刷刷三剑，全是从稀奇古怪的方位刺削而至。田伯光仗着眼明手快，一一挡过，正待反击，令狐冲忽将长剑向天空抛了上去。田伯光仰头看剑，砰的一声，鼻上已重重吃了一拳，登时鼻血长流。

田伯光一惊之间，令狐冲以手作剑，疾刺而出，又戳中了他的膻中穴。田伯光身子慢慢软倒，脸上露出十分惊奇、又十分愤怒的神色。

令狐冲回过身来，风清扬招呼他走入洞中，道："你又多了一个半时辰练剑，他这次受创较重，醒过来时没第一次快。只不过下次再斗，说不定他会拼命，未必肯再容让，须得小心在意。你去练练衡山派的剑法。"

令狐冲得风清扬指点后，剑法中有招如无招，存招式之意，而无招式之形，衡山派的绝招本已变化莫测，似鬼似魅，这一来更无丝毫迹象可寻。田伯光醒转后，斗得七八十招，又被他打倒。

眼见天色已晚，陆大有送饭上崖，令狐冲将点倒了的田伯光放在岩石之后，风清扬则在后洞不出。令狐冲道："这几日我胃口大好，六师弟明日多送些饭菜上来。"陆大有见大师哥神采飞扬，与数月来郁郁寡欢的情形大不相同，心下甚喜，又见他上身衣衫都汗湿了，只道他在苦练剑法，说道："好，明儿我提一大篮饭上来。"陆大有下崖后，令狐冲解开田伯光穴道，邀他和风清扬及自己一同进食。风清扬只吃小半碗饭便饱了。田伯光愤愤不平，食不下咽，一面扒饭，一面骂人，突然间左手使劲太大，啪的一声，竟将一只瓦碗捏成十余块，碗片饭粒，跌得身上地上都是。

令狐冲哈哈大笑，说道："田兄何必跟一只饭碗过不去？"

田伯光怒道："他妈的，我是跟你过不去。只因为我不想杀你，咱们比武，你这小子只攻不守，这才占尽了便宜，你自己说，这公道不公道？倘若我不让你哪，三十招之内便砍下了你脑袋。哼！哼！他妈的那小尼……小尼……"他显是想骂仪琳那小尼姑，但不知怎的，话到口边，没再往下骂了。站起身来，拔刀在手，叫道："令狐冲，有种的再来斗过。"

令狐冲道："好！"挺剑而上。

令狐冲又施故技，对田伯光的快刀并不拆解，自行以巧招刺他。不料田伯光这次出手甚狠，拆得二十余招后，刷刷两刀，一刀砍中令狐冲大腿，一刀在他左臂上划了一道口子，但毕竟还是刀下留情，所伤不重。令狐冲又惊又痛，剑法散乱，数招后便给田伯光踢倒。

田伯光将刀刀架在他喉头，喝道："还打不打？打一次便在你身上砍几刀，纵然不杀你，也要你肢体不全，流干了血。"令狐冲笑道："自然再打！就算令狐冲斗你不过，难道我风太师叔袖手不理，任你横行？"田伯光道："他是前辈高人，不会跟我动手。"说着收起单刀，心下毕竟也甚惴惴，生怕将令狐冲砍伤了，风清扬一怒出手，看来这人虽然老得很了，糟却半点不糟，冲气内敛，眸子中英华隐隐，显然内功着实了得，剑术之高，那也不用说了，他也不必挥剑杀人，只须将自己逐下华山，那便糟糕之极了。

令狐冲撕下衣襟，裹好了两处创伤，走进洞中，摇头苦笑，说道："太师叔，这家伙改变策略，当真砍杀啦！如果给他砍中了右臂，使不得剑，这可就难以胜他了。"风清扬道："好在天色已晚，你约他明晨再斗。今晚你不要睡，咱们穷一晚之力，我教你三招剑法。"令狐冲道："三招?"心想只三招剑法，何必花一晚时光来教。

风清扬道："我瞧你人倒挺聪明的，也不知是真聪明，还是假聪明。倘若真的聪明，那么这一个晚上，或许能将这三招剑法学会了。要是资质不佳，悟心平常，那么……那么……明天早晨你也不用再跟他打了，自己认输，乖乖的跟他下山去罢!"

令狐冲听太师叔如此说，料想这三招剑法非比寻常，定然十分难学，不由得激发了他要强好胜之心，昂然道："太师叔，徒孙要是不能在一晚间学会这三招，宁可给他一刀杀了，决不投降屈服，随他下山。"

风清扬笑了笑，道："那便很好。"抬起了头，沉思半晌，道："一晚之间学会三招，未免强人所难，这第二招暂且用不着，咱们只学第一招和第三招。不过……不过……第三招中的许多变化，是从第二招而来，好，咱们把有关的变化都略去，且看是否管用。"自言自语，沉吟一会，却又摇头。

令狐冲见他如此顾虑多端，不由得心痒难搔，一门武功越是难学，自然威力越强，只听风清扬又喃喃地道："第一招中的三百六十种变化如果忘记了一变，第三招便会使得不对，这倒有些为难了。"

令狐冲听得单是第一招便有三百六十种变化，不由得吃了一惊，只见风清扬屈起手指，数道："归妹趋无妄，无妄趋同人，同人趋大有。甲转丙，丙转庚，庚转癸。子丑之交，辰巳之交，午未之交。风雷是一变，山泽是一变，水火是一变。乾坤相激，震兑相激，离巽相激。三增而成五，五增而成九……"越数越是忧色重重，叹道："冲儿，当年我学这一招，花了三个月时光，要你在一晚之间学会两招，那是开玩笑了，你想：'归妹趋无妄……'"说到这里，便住了口，显是神思不属，过了一会，问道："刚才我说什么来着？"

令狐冲道："太师叔刚才说的是归妹趋无妄，无妄趋同人。同人趋大有。"风清扬双眉一轩，道："你记性倒不错，后来怎样？"令狐冲道："太师叔说道：'甲转丙，丙转庚，庚转癸……'"一路背诵下去，竟然背了一小半，后面的便记不得了。

风清扬大奇，问道："这独孤九剑的总诀，你曾学过的？"令狐冲道："徒孙没学过，不知这叫作'独孤九剑'。"风清扬问道："你没学过，怎么会背？"令狐冲道："我刚才听得太师叔这么念过。"

风清扬满脸喜色，一拍大腿，道："这就有法子了。一晚之间虽然学不全，然而可以硬记，第一招不用学，第三招只学小半招好了。你记着。归妹趋无妄，尤妄趋同人，同人趋大有……"一路念将下去，足足念了三百余字，才道："你试背一遍。"令狐冲早就在全神记忆，当下依言背诵，只错了十来个字。风清扬纠正了，令狐冲第二次再背，只错了七个字，第三次便没再错。

风清扬甚是高兴，道："很好，很好！"又传了三百余字口诀，待令狐冲记熟后，又传三百余字。那"独孤九剑"的总诀足足有三千余字，而且内容不相连贯，饶是令狐冲记性特佳，却也不免记得了后面，忘记了前面，直花了一个多时辰，经风清扬一再提点，这才记得一字不错。风清扬要他从头至尾连背三遍，见他确已全部记住，说道："这总诀是独孤九剑的根本关键，你此刻虽记住了，只是为求速成，全凭硬记，不明其中道理，日后甚易忘记。从今天起，须得朝夕念诵。"令狐冲应道："是！"

风清扬道："九剑的第一招'总诀式'，有种种变化，用以体演这篇总诀，现下且不忙学。第二招是'破剑式'，用以破解普天下各门各派的剑法，现下也不忙学。第三招'破刀式'，用以破解单刀、双刀、柳叶刀、鬼头刀、大砍刀、斩马刀种种刀法。田伯光使的是单刀中的快刀法，今晚只学专门对付他刀法的这一部分。"

令狐冲听得独孤九剑的第二招可破天下各门各派的剑法，第三招可破种种刀法，惊喜交集，说道："这九剑如此神妙，徒孙直是闻所未闻。"兴奋之下，说话声音也颤抖了。

风清扬道："独孤九剑的剑法你师父没见识过，这剑法的名称，他倒听见过的。只不过他不肯跟你们提起罢了。"令狐冲大感奇怪，问道："却是为何？"风清扬不答他此问，说道："这第三招'破刀式'讲究以轻御重，以快制慢。田伯光那厮的快刀是快得很了，你却要比他更快。似你这等少年，和他比快，原也可以，只是或输或赢，并无必胜把握。至于我这等糟老头子，却也要比他快，唯一的法子便是比他先出招。你料到他要出什么招，却抢在他头里。敌人手还没提起，你长剑已指向他的要害，他再快也没你快。"

令狐冲连连点头，道："是，是！想来这是教人如何料敌机先。"

风清扬拍手赞道："对，对！孺子可教。'料敌机先'这四个字，正是这剑法的精要所在，任何人一招之出，必定有若干朕兆。他下一刀要砍向你的左臂，眼光定会瞧向你左臂，如果这时他的单刀正在右下方，自然会提起刀来，划个半圆，自上而下的斜向下砍。"于是将这第三剑中克破快刀的种种变化，一项项详加剖析。令狐冲只听得心旷神怡，便如一个乡下少年忽地置身于皇宫内院，目之所接，耳之所闻，莫不新奇万端。

这第三招变化繁复之极，令狐冲于一时之间，所能领会的也只十之二三，其余的便都硬记在心。一个教得起劲，一个学得用心，竟不知时刻之过，猛听得田伯光在洞外大叫："令狐兄，天光啦，睡醒了没有？"

令狐冲一呆，低声道："啊哟，天亮啦。"风清扬叹道："只可惜时刻太过迫促，但你学得极快，已远过我的指望。这就出去跟他打罢！"

令狐冲道："是。"闭上眼睛，将这一晚所学大要，默默存想了一遍，突然睁开眼来，道："太师叔，徒孙尚有一事未明，何以这种种变化，尽是进手招数，只攻不守？"

风清扬道："独孤九剑，有进无退！招招都是进攻，攻敌之不得不守，自己当然不用守了。创制这套剑法的独孤求败前辈，名字叫作'求败'，他老人家毕生想求一败而不可得，这剑法施展出来，天下无敌，又何必守？如果有人攻得他老人家回剑自守，他老人家真要心花怒放，喜不自胜了。"

令狐冲喃喃地道："独孤求败，独孤求败。"想象当年这位前辈仗剑江湖，无敌于天下，连找一个对手来逼得他回守一招都不可得，委实令人可惊可佩。

只听田伯光又在呼喝："快出来，让我再砍你两刀。"令狐冲叫道："我来也！"

风清扬皱眉道："此刻出去和他接战，有一事大是凶险，他如上来一刀便将你右臂或右腕砍伤，那只有任他宰割，更无反抗之力了。这件事可真叫我担心。"

令狐冲意气风发，昂然道："徒孙尽力而为！无论如何，决不能辜负了太师叔这一晚尽心教导。"提剑出洞，立时装出一副萎靡之状，打了个哈欠，又伸了个懒腰，揉了揉眼睛，说道："田兄起得好早，昨晚没好睡吗？"心中却在盘算："我只须挨过得眼前这个难关，再学几个时辰，便永远不怕他了。"

田伯光一举单刀，说道："令狐兄，在下实在无意伤你，但你也太固执，说什么也不肯随我下山。这般斗将下去，逼得我要砍你十刀廿刀，令得你遍体鳞伤，岂不是十分的对你不住？"令狐冲心念一动，说道："倒也不须砍上十刀廿刀，你只须一刀将我右臂砍断，要不然砍伤了我右手，叫我使不得剑。那时候你要杀要擒，岂不是悉随尊便？"田伯光摇头道："我只是要你服输，何必伤你右手右臂？"令狐冲心中大喜，脸上却装作深有忧色，说道："只怕你口中虽这么说，输得急了，到头来还是什么野蛮的毒招都使将出来。"田伯光道："你不用以言语激我。田伯光一来跟你无怨无仇，二来敬你是条有骨气的汉子，三来真的伤你重了，只怕旁人要跟我为难。出招罢！"

令狐冲道："好！田兄请。"田伯光虚晃一刀，第二刀跟着斜劈而出，刀光映日，势道甚是猛恶。令狐冲待要使用"独孤九剑"中第三剑的变式予以破解，那知田伯光的刀法实在太快，甫欲出剑，对方刀法已转，终是慢了一步。他心中焦急，暗叫："糟糕，糟糕！新学的剑法竟然完全用不上，太师叔一定在骂我蠢材。"再拆数招，额头汗水已涔涔而下。

岂知自田伯光眼中看出来，却见他剑法凌厉之极，每一招都是自己刀法的克星，心下也是吃惊不小，寻思："他这几下剑法，明明已可将我毙了，却为什么故意慢了一步？是了，他是手下留情，要叫我知难而退。可是我虽然'知难'，苦在不能'而退'，非硬挺到底不可。"他心中这么想，单刀劈出时劲力便不敢使足。两人互相忌惮，均是小心翼翼地拆解。

又斗一会，田伯光刀法渐快，令狐冲应用独孤氏第三剑的变式也渐趋纯熟，刀剑光芒闪烁，交手越来越快。蓦地里田伯光大喝一声，右足飞起，踹中令狐冲小腹。令狐冲身子向后跌出，心念电转："我只须再有一日一夜的时刻，明日此时定能制他。"当即摔剑脱手，双目紧闭，凝住呼吸，假作晕死之状。

田伯光见他晕去，吃了一惊，但深知他狡谲多智，不敢俯身去看，生怕他暴起袭击，败中求胜，当下横刀身前，走近几步，叫道："令狐兄，怎么了？"叫了几声，才见令狐冲悠悠醒转，气息微弱，颤声道："咱们……咱们再打过。"支撑着要站起身来，左腿一软，又摔倒在地。田伯光道："你是不行的了，不如休息一日，明儿随我下山去罢。"

令狐冲不置可否，伸手撑地，意欲站起，口中不住喘气。

田伯光更无怀疑，踏上一步，抓住他右臂，扶了他起来，但踏上这一步时若有意、若无意地踏住了令狐冲落在地上的长剑，右手执刀护身，左手又正抓在令狐冲右臂的穴道之上，叫他无法行使诡计。令狐冲全身重量都挂在他的左手之上，显得全然虚弱无力，口中却兀自怒骂："谁要你讨好？他奶奶的。"一跛一拐地回入洞中。

风清扬微笑道："你用这法子取得了一日一夜，竟不费半点力气，只不过有点儿卑鄙无耻。"令狐冲笑道："对付卑鄙无耻之徒，说不得，只好用点卑鄙无耻的手段。"风清扬正色道："要是对付正人君子呢？"令狐冲一怔，道："正人君子？"一时答不出话来。

风清扬双目炯炯，瞪视着令狐冲，森然问道："要是对付正人君子，那便怎样？"令狐冲道："就算他真是正人君子，倘若想要杀我，我也不能甘心就戮，到了不得已的时候，卑鄙无耻的手段，也只好用上这么一点半点了。"风清扬大喜，朗声道："好，好！你说这话，便不是假冒伪善的伪君子。大丈夫行事，爱怎样便怎样，行云流水，任意所之，什么武林规矩，门派教条，全都是放他妈的狗臭屁！"

令狐冲微微一笑，风清扬这几句话当真说到了他心坎中去，听来说不出的痛快，可是平素师父谆谆叮嘱，宁可性命不要。也决计不可违犯门规，不守武林规矩，以致败了华山派的清誉，太师叔这番话是不能公然附和的；何况"假冒伪善的伪君子"云云，似乎是在讥刺他师父那"君子剑"的外号，当下只微微一笑，并不接口。

风清扬伸出干枯的手指抚摸令狐冲头发，微笑道："岳不群门下，居然有你这等人才，这小子眼光是有的，倒也不是全无可取之处。"他所说的"这小子"，自然是指岳不群了。

他拍拍令狐冲的肩膀，说道："小娃子很合我心意，来来来，咱们把独孤大侠的第一剑和第三剑再练上一些。"当下又将独孤氏的第一剑诀择要讲述，待令狐冲领悟后，再将第三剑中的有关变化，连讲带比，细加指点。后洞中所遗长剑甚多，两人都以华山派的长剑比画演式。令狐冲用心记忆，遇到不明之处，便即询问。这一日时候充裕，学剑时不如前晚之迫促，一剑一式均能阐演周详。晚饭之后，令狐冲睡了两个时辰，又再学招。

次日清晨，田伯光只道他早一日受伤不轻，竟然并不出声索战。令狐冲乐得在后洞继续学剑，到得午末未初，独孤氏第三剑的种种变化已尽数学全。风清扬道："今日倘若仍然打他不过，也不要紧。再学一日一晚，无论如何，明日必胜。"

令狐冲应了，倒提本派前辈所遗下的一柄长剑，缓步走出洞来，见田伯光在崖边眺望，假作惊异之色，说道："咦，田兄，怎么你还不走？"田伯光道："在下恭候大驾。昨日得罪，今日好得多了罢？"令狐冲道："也不见得好，腿上给田兄所砍的这一刀，痛得甚是厉害。"田伯光笑道："当日在衡阳相斗，令狐兄伤势可比今日重得多了，却也不曾出过半句示弱之言。我深知你诡计多端，你这般装腔作势，故意示弱，想攻我一个出其不意，在下可不会上当。"令狐冲笑道："你这当已经上了，此刻就算醒觉，也来不及啦！田兄，看招！"剑随声出，直刺其胸。田伯光举刀急挡，却挡了个空。令狐冲第二剑又已刺了过来。田伯光赞道："好快！"横刀封架。令狐冲第三剑、第四剑又已刺出，口中说道："还有快的。"第五剑、第六剑跟着刺出，攻势既发，竟是一剑连着一剑，一剑快似一剑，连绵不绝，当真学到了这独孤剑法的精要，"独孤九剑，有进无退"，每一剑全是攻招。

十余剑一过，田伯光胆战心惊，不知如何招架才是，令狐冲刺一剑，他便退一步，刺得十余剑，他已退到了崖边。令狐冲攻势丝毫不缓，刷刷刷刷，连刺四剑，全是指向他要害之处。田伯光奋力挡开了两剑，第三剑无论如何挡不开了，左足后退，却踏了个空。他知道身后是万丈深谷，这一跌下去势必粉身碎骨，便在这千钧一发之际，猛力一刀砍向地上，借势稳住身子。令狐冲的第四剑已指在他咽喉之上。田伯光脸色苍白，令狐冲也是一言不发，剑尖始终不离他的咽喉。过了良久，田伯光怒道："要杀便杀，婆婆妈妈作甚？"

令狐冲右手一缩，向后纵开数步，道："田兄一时疏忽，给小弟占了机先，不足为凭，咱们再打过。"田伯光哼了一声，舞动单刀，犹似狂风骤雨般攻将过来，叫道："这次由我先攻，可不能让你占便宜了。"

令狐冲眼见他钢刀猛劈而至，长剑斜挑，径刺他小腹，自己上身一侧，已然避开了他刀锋。田伯光见他这一剑来得峻急，疾回单刀，往他剑上砸去，自恃力大，只须刀剑相交，准能将他长剑砸飞。令狐冲只一剑便抢到了先着，第二剑、第三剑源源不绝地发出，每一剑都是又狠且准，剑尖始终不离对手要害。田伯光挡架不及，只得又再倒退，十余招过去，竟然重蹈覆辙，又退到了崖边。令狐冲长剑削下，逼得他提刀护住下盘，左手伸出，五指虚抓，正好抢到空隙，五指指尖离他胸口膻中穴已不到两寸，凝指不发。田伯光曾两次被他以手指点中膻中穴，这一次若再点中，身子委倒时不再是晕在地上，却要跌入深谷之中了，眼见他手指虚凝，显是有意容让。两人僵持半晌，令狐冲又再向后跃开。

田伯光坐在石上，闭目养了会神，突然间一声大吼，舞刀抢攻，一口钢刀直上直下，势道威猛之极。这一次他看准了方位，背心向山，心想纵然再给你逼得倒退，也是退入山洞之中，说什么也要决一死战。

令狐冲此刻于单刀刀招的种种变化，已尽数了然于胸，待他钢刀砍至，侧身向右，长剑便向他左臂削去。田伯光回刀相格，令狐冲的长剑早已改而刺他左腰。田伯光左臂与左腰相去不到一尺，但这一回刀，守中带攻，含有反击之意，力道甚劲，钢刀直荡了出去，急切间已不及收刀护腰，只得向右让了半步。令狐冲长剑起处，刺向他左颊。田伯光举刀挡架，剑尖忽地已指向左腿。田伯光无法再挡，再向右踏出一步。令狐冲一剑连着一剑，尽是攻他左侧，逼得他一步又一步的向右退让，十余步一跨，已将他逼向右边石崖的尽头。

该处一块大石壁阻住了退路，田伯光背心靠住岩石，舞起七八个刀花，再也不理令狐冲长剑如何来攻，耳中只听得哧哧声响，左手衣袖、左边衣衫、左足裤管已被长剑接连划中了六剑。这六剑均是只破衣衫，不伤皮肉，但田伯光心中雪亮，这六剑的每一剑都能教自己断臂折足，破肚开膛，到这地步，霎时间只觉万念俱灰，哇的一声，张嘴喷出一大口鲜血。

令狐冲接连三次将他逼到了生死边缘，数日之前，此人武功还远胜于己，此刻竟是生杀之权操于己手，而且胜来轻易，大是行有余力，脸上不动声色，心下却已大喜若狂，待见他大败之后口喷鲜血，不由得歉疚之情油然而生，说道："田兄，胜败乃是常事，何必如此？小弟也曾折在你手下多次！"

田伯光抛下单刀，摇头道："风老前辈剑术如神，当世无人能敌，在下永远不是你的对手了。"令狐冲替他拾起单刀，双手递过，说道："田兄说得不错，小弟侥幸得胜，全凭风太师叔的指点。风太师叔想请田兄答应一件事。"田伯光不接单刀，惨然道："田某命系你手，有什么好说的。"令狐冲道："风太师叔隐居已久，不预世事，不喜俗人烦扰。田兄下山之后，请勿对人提起他老人家的事。在下感激不尽。"

田伯光冷冷地道："你只须这么一剑刺将过来，杀人灭口，岂不干脆？"令狐冲退后两步，还剑入鞘，说道："当日田兄武艺远胜于我之时，倘若一刀将我杀了，焉有今日之事？在下请田兄不向旁人泄露我风太师叔的行踪，乃是相求，不敢有丝毫胁迫之意。"田伯光道："好，我答允了。"令狐冲深深一揖，道："多谢田兄。"

田伯光道："我奉命前来请你下山。这件事田某干不了，可是事情没完。讲打，我这一生是打你不过的了，却未必便此罢休。田某性命攸关，只好烂缠到底，你可别怪我不是好汉子的行径。令狐兄，再见了。"说着一抱拳，转身便行。

令狐冲想到他身中剧毒，此番下山，不久便毒发身亡，和他恶斗数日，不知不觉间已对他生出亲近之意，一时冲动，脱口便想叫将出来："我随你下山便了。"但随即想起，自己被罚在崖上思过，不奉师命，决不能下崖一步，何况此人是个作恶多端的采花大盗，这一随他下山，变成了和他同流合污，将来身败名裂，祸患无穷，话到口边，终于缩住。

眼见他下崖而去，当即回入山洞，向风清扬拜伏在地，说道："太师叔不但救了徒孙性命，又传了徒孙上乘剑术，此恩此德，永难报答。"

风清扬微笑道："上乘剑术，上乘剑术，嘿嘿，还差得远呢。"他微笑之中，大有寂寞凄凉的味道。令狐冲道："徒孙斗胆，恳求太师叔将独孤九剑的剑法尽数传授。"风清扬道："你要学独孤九剑，将来不会懊悔么？"

令狐冲一怔，心想将来怎么会懊悔？一转念间，心道："是了，这独孤九剑并非本门剑法，太师叔是说只怕师父知道之后会见责于我。但师父本来不禁我涉猎别派剑法，曾说他山之石，可以攻玉。再者，我从石壁的图形之中，已学了不少恒山、衡山、泰山、嵩山各派的剑法，连魔教十长老的武功也已学了不少，这独孤九剑如此神妙，实是学武之人梦寐以求的绝世妙技，我得蒙本门前辈指点传授，当真是莫大的机缘。"当即拜道："这是徒孙的毕生幸事，将来只有感激，决无懊悔。"

风清扬道："好，我便传你。这独孤九剑我若不传你，过得几年，世上便永远没这套剑法了。"说时脸露笑容，显是深以为喜，说完之后，神色却转凄凉，沉思半晌，这才说道："田伯光决不会就此甘心，但纵然再来，也必在十天半月之后。你武功已胜于他，阴谋诡计又胜于他，永远不必怕他了。咱们时候大为充裕，须得从头学起，扎好根基。"于是将独孤九剑第一剑的"总诀式"依着口诀次序，一句句的解释，再传以种种附于口诀的变化。

令狐冲先前硬记口诀，全然未能明白其中含义，这时得风清扬从容指点，每一刻都领悟到若干上乘武学的道理，每一刻都学到几项奇巧奥妙的变化，不由得欢喜赞叹，情难自已。

一老一少，便在这思过崖上传习独孤九剑的精妙剑法，自"总诀式"、"破剑式"、"破刀式"以至"破枪式"、"破鞭式"、"破索式"、"破掌式"、"破箭式"而学到了第九剑"破气式"。那"破枪式"包括破解长枪、大戟、蛇矛、齐眉棍、狼牙棒、白蜡杆、禅杖、方便铲种种长兵刃之法。"破鞭式"破的是钢鞭、铁铜、点穴橛、拐子、蛾眉刺、匕首、板斧、铁牌、八角锤、铁锥等等短兵刃，"破索式"破的是长索、软鞭、三节棍、链子枪、铁链、渔网、飞锤流星等等软兵刃。虽只一剑一式，却是变化无穷，学到后来，前后式融会贯通，更是威力大增。

最后这三剑更是难学。"破掌式"破的是拳脚指掌上的功夫，对方既敢以空手来斗自己利剑，武功上自有极高造诣，手中有无兵器，相差已是极微。天下的拳法、腿法、指法、掌法繁复无比，这一剑"破掌式"，将长拳短打，擒拿点穴、鹰爪虎爪、铁沙神掌，诸般拳脚功夫尽数包括在内。"破箭式"这个"箭"字，则总罗诸般暗器，练这一剑时，须得先学听风辨器之术，不但要能以一柄长剑击开敌人发射来的种种暗器，还须借力反打，以敌人射来的暗器反射伤敌。

至于第九剑"破气式"，风清扬只是传以口诀和修习之法，说道："此式是为对付身具上乘内功的敌手而用，神而明之，存乎一心。独孤前辈当年挟此剑横行天下，欲求一败而不可得，那是他老人家已将这套剑法使得出神入化之故。同是一门华山剑法，同是一招，使出来时威力强弱大不相同，这独孤九剑自也一般。你纵然学得了剑法，倘若使出时剑法不纯，毕竟还是敌不了当世高手，此刻你已得到了门径。要想多胜少败，再苦练二十年，便可和天下英雄一较短长了。"

令狐冲越是学得多，越觉这九剑之中变化无穷，不知要有多少时日，方能探索到其中全部秘奥，听太师叔要自己苦练二十年，丝毫不觉惊异，再拜受教，说道："徒孙倘能在二十年之中，通解独孤老前辈当年创制这九剑的遗意，那是大喜过望了。"

风清扬道："你倒也不可妄自菲薄。独孤大侠是绝顶聪明之人，学他的剑法，要旨是在一个'悟'字，决不在死记硬记。等到通晓了这九剑的剑意，则无所施而不可，便是将全部变化尽数忘记，也不相干，临敌之际，更是忘记得越干净彻底，越不受原来剑法的拘束。你资质甚好，正是学练这套剑法的材料。何况当今之世，真有什么了不起的英雄人物，嘿嘿，只怕也未必。以后自己好好用功，我可要去了。"

令狐冲大吃一惊，颤声道："太师叔，你……你到哪里去？"风清扬道："我本在这后山居住，已住了数十年，日前一时心喜，出洞来授了你这套剑法，只是盼望独孤前辈的绝世武功不遭灭绝而已。怎么还不回去？"令狐冲喜道："原来太师叔便在后山居住，那再好没有了。徒孙正可朝夕侍奉，以解太师叔的寂寞。"

风清扬厉声道："从今之后，我再也不见华山派中之人，连你也非例外。"见令狐冲神色惶恐，便语气转和，说道："冲儿，我跟你既有缘，亦复投机。我暮年得有你这样一个佳子弟传我剑法，实是大畅老怀。你如心中有我这样一个太师叔，今后别来见我，以致令我为难。"令狐冲心中酸楚，道："太师叔，那为什么？"风清扬摇摇头，说道："你见到我的事，连对你师父也不可说起。"令狐冲含泪道："是，自当遵从太师叔吩咐。"

风清扬轻轻抚摸他头，说道："好孩子，好孩子！"转身下崖。令狐冲跟到崖边，眼望他瘦削的背影飘飘下崖，在后山隐没，不由得悲从中来。

令狐冲和风清扬相处十余日，虽然听他所谈论指教的只是剑法，但于他议论风范，不但钦仰敬佩，更是觉得亲近之极，说不出的投机。风清扬是高了他两辈的太师叔，可是令狐冲内心，却隐隐然有一股平辈知己、相见恨晚的交谊，比这恩师岳不群，似乎反而亲切得多，心想："这位太师叔年轻之时，只怕性子和我差不多，也是一副天不怕、地不怕、任性行事的性格。他教我剑法之时，总说是'人使剑法，不是剑法使人'，总说'人是活的，剑法是死的，活人不可给死剑法所拘'。这道理千真万确，却为何师父从来不说？"

他微一沉吟，便想："这道理师父岂有不知？只是他知道我性子太过随便，跟我一说了这道理，只怕我得其所哉，乱来一气，练剑时便不能循规蹈矩。等到我将来剑术有了小成，师父自会给我详加解释。师弟师妹们武功未够火候，自然更加不能明白这上乘剑理，跟他们说了也是白说。"又想："太师叔的剑术，自已到了出神入化的境地，只可惜他老人家从来没显一下身手，令我大开眼界。比之师父，太师叔的剑法当然又高一筹了。"

回想风清扬脸带病容，寻思："这十几天中，他有时轻声叹息，显然有什么重大的伤心事，不知为了什么?"叹了口气，提了长剑，出洞便练了起来。

练了一会，顺手使出一剑，竟是本门剑法的"有凤来仪"。他一呆之下，摇头苦笑，自言自语："错了!"跟着又练，过不多时，顺手一剑，又是"有凤来仪"，不禁发恼，寻思："我只因本门剑法练得纯熟，在心中已印得根深蒂固，使剑时稍一滑溜，便将练熟了的本门剑招夹了进去，却不是独孤剑法了。"突然间心念一闪，心道："太师叔叫我使剑时须当心无所滞，顺其自然，那么使本门剑法，有何不可? 甚至便将衡山、泰山诸派剑法、魔教十长老的武功夹在其中，又有何不可? 倘若硬要划分，某种剑法可使，某种剑法不可使，那便是有所拘泥了。"

此后便即任意发招，倘若顺手，便将本门剑法，以及石壁上种种招数掺杂其中，顿觉乐趣无穷。但五岳剑派的剑法固然各不相同，魔教十长老更似出自六七个不同门派，要将这许多不同路子的武学融为一体，几乎绝不可能。他练了良久，始终无法融合，忽想："融不成一起，那又如何? 又何必强求?"

当下再也不去分辨是什么招式，一经想到，便随心所欲地混入独孤九剑之中，但使来使去，总是那一招"有凤来仪"使得最多。又使一阵，随手一剑，又是一招"有凤来仪"，心念一动："要是小师妹见到我将这招'有凤来仪'如此使法，不知会说什么？"

他凝剑不动，脸上现出温柔的微笑。这些日子来全心全意的练剑，便在睡梦之中，想到的也只是独孤九剑的种种变化，这时蓦地里想起岳灵珊，不由得相思之情难以自已。跟着又想："不知她是否暗中又在偷偷教林师弟学剑？师父命令虽严，小师妹却向来大胆，恃着师娘宠爱，说不定又在教剑了。就算不教剑，朝夕相见，两人定是越来越好。"渐渐地，脸上微笑转成了苦笑，再到后来，连一丝笑意也没有了。

选自《笑傲江湖》（《金庸作品集》第 31 册）

香港明河社 1984 年版

作家的话 ◈

聪明才智之士，勇武有力之人，极大多数是积极进取的。道德标准把他们划分为两类：努力目标是为大多数人谋福利的，是好人；只着眼于自己的权力名位、物质欲望，而损害旁人的，是坏人。好人或坏人的大小，以其嘉惠或损害的人数和程度而定。政治上大多数时期中是坏人当权，于是不断有人想取而代之；有人想进行改革；另有一种人对改革不存希望，也不想和当权派同流合污，他们的抉择是退出斗争旋涡，独善其身。所以一向有当权派、造反派、改革派，以及隐士。

中国的传统观念，是鼓励人"学而优则仕"，学孔子那样"知其不可而为之"，但对隐士也有极高的评价，认为他们清高。隐士对社会并无积极贡献，然而他们的行为和争权夺利之徒截然不同，提供了另一种范例。中国人在道德上对人要求很宽，只消不是损害旁人，就算是好人了。《论语》记载了许多隐者，晨门、楚狂接舆、长沮、桀溺、荷蓧丈人、伯夷、叔齐、虞仲、夷逸、朱张、柳下惠、少连，等等，孔子对他们都很尊敬，虽然，并不同意他们的作风。

孔子对隐者分为三类：像伯夷、叔齐那样，不放弃自己意志，不牺牲自己尊严（"不降其志，不辱其身"）；像柳下惠、少连那样，意志和尊严有所牺牲，但言行合情合理（"降志辱身矣，言中伦，行中虑，其斯而已矣"）；像虞仲、夷逸那样，则是逃世隐居，放肆直言，不做坏事，不参与政治（"隐居放言，身中清，废中权"）。孔子对他们评价都很好，显然认为隐者也有积极的一面。

参与政治活动，意志和尊严不得不有所舍弃，那是无可奈何的。柳下惠做法官，曾被三次罢官，人家劝他出国。柳下惠坚持正义，回答说："直道而事人，焉往而不三黜？枉道而事人，何必去父母之邦？"（论语）关键是在"事人"。为了大众利益而从政，非事人不可；坚持原则而为公众服务，不以功名富贵为念，虽然不得不听从上级命令，但也可以说是"隐士"——至于一般意义的隐士，基本要求是求个性的解放自由而不必事人。

令狐冲是天生的"隐士"，对权力没有兴趣。盈盈也是"隐士"，她对江湖豪士有生杀大权，却宁可在洛阳隐居陋巷，琴箫自娱。她生命中只重视个人的自由，个性的舒展。唯一重要的只是爱情。这个姑娘非常怕羞腼腆，但在爱情中，她是主动者。令狐冲当情意紧缠在岳灵珊身上之时，是不得自由的。只有到了青纱帐外的大路上，他和盈盈同处大车之中，对岳灵珊的痴情终于消失了，他才得到心灵上的解脱。本书结束时，盈盈伸手扣住令狐冲的手腕，叹道："想不到我任盈盈竟也终身和一只大马猴锁在一起，再也不分开了。"盈盈的爱情得到圆满，她是心满意足的，令狐冲的自由却又被锁住了。或许，只有在仪琳的片面爱情之中，他的个性才极少受到拘束。

人生在世，充分圆满的自由根本是不能的。解脱一切欲望而得以大彻大悟，不是常人之所能。那些热衷于政治和权力的人，受到心中权力欲的驱策，身不由己，去做许许多多违背自己良心的事，其实都是很可怜的。

在中国的传统艺术中，不论诗词、散文、戏曲、绘画，追求个性解放向来是最突出的主题。时代越动乱，人民生活越痛苦，这主题越是突出。

"人在江湖，身不由己"，要退隐也不是容易的事。刘正风追求艺术上的自由，重视莫逆于心的友谊，想金盆洗手；梅庄四友盼望在孤山隐姓埋名，享受琴棋书画的乐趣；他们都无法做到，卒以身殉，因为权力斗争（政治）不容许。

对于郭靖那样舍身赴难，知其不可而为之的大侠，在道德上当有更大的肯定。令狐冲不是大侠，是陶潜那样追求自由和个性解放的隐士。风清扬是心灰意懒、惭愧懊丧而退隐。令狐冲却是天生的不受羁勒。在黑木崖上，不论是杨莲亭或任我行掌握大权，旁人随便笑一笑都会引来杀身之祸，傲慢更加不可。"笑傲江湖"的自由自在，是令狐冲这类人物所追求的目标。

因为想写的是一些普遍性格，是政治生活中的常见现象，所以本书没有历史背景，这表示，类似的情景可以发生在任何朝代。

一九八〇. 五.

《笑傲江湖·后记》

评论家的话 ◈

裴：简单地说，"形而上"的性质就是某种哲学意味，给人以哲理上的启迪。比如在他的一部并不太成功的作品《侠客行》的结尾，有这么一个情节，不识字的主人公，无法读懂石壁上武学图案的种种注释，却破解了最高的武学秘密，读来实在很能让人玩味。金庸在该书后记中说："某种牵强附会的注释，往往损害作者的原意，而且造成严重障碍。《侠客行》写于十二年前，于此意有所发挥。近来多读佛经，于此更深有所感。《大乘般若经》以及龙树的'中观之学'都极力破斥烦琐的名相戏论，认为各种知识见解，纵然会使修学者心中广生虚妄念头，有碍见道……《金刚经》云：'"凡所有相、皆是虚妄""法尚应舍，何况非法""如来所说法，皆不可取，不可说，非法，非非法"皆是此义。'"金庸在《侠客行》成书后读佛经，从佛经的角度认识到他这一段故事所蕴含的"形而上的性质"，这自然是他的一家之说。我倒认为还可以从另一角度去探讨一下，现象学哲学家胡塞尔有这样一句名言："直面事物的本身。"简单地说就是要把习以为常的语言逻辑判断"悬搁"起来，而把认识对象暂时放入"括号里"，这样就能对事物的本质"直观"。在他们看来，语言恰恰成为束缚我们认识的东西。我虽不很赞同这些观点，但却感到金庸在《侠客行》中隐约体现了这种类似现象学的性质哲学。

陆：记得当时读到《笑傲江湖》中，隐身江湖的武学宗师风清扬向主人公令狐冲传授剑术时所讲的"以无招破有招"，就像是当头棒喝，刹时顿悟似的，兴奋得当即打电话给小龙，在电话中大谈感受。

张：这一层灿烂夺目的思想，正是《笑傲江湖》在思想和结构上的一个"眼"。随着令狐冲的剑术跳出华山派的拘束。并跳出天下各门各派的拘束。渐窥上乘武学的门径，他的思想也开始升华，跳出华山派的拘束。尽管他本人在主观上一再抗拒这种跳出，表现出一种哈姆雷特式的延宕，但他毕竟跳出了。随着他的跳出，当时武林极为错综复杂的种种关系的真相，不可抗拒地向他显露出来。这是思想有所升华者必然际遇的现象，随着令狐冲思想和剑术发生的这一转折，整部小说在结构上也由此展开。还有一个段落在《天龙八部》的结尾处，当乔峰、慕容复和两个始终不露面的父亲均出现在少林寺，准备了结数十年的深冤大恨时，少林寺一不知名的扫地僧出来应付，这一段前前后后所展开的"武功越高，越要用佛法化解"的思想，有着极深的象征意义。《天龙八部》五册书写五个人，看似松散，但有了这一段，千里来龙，到此结穴，在思想上和结构上真正合拢。同时也是对作者在序言中所提出的天龙八部各人皆身负惊人艺业，但仍有其难以摆脱的痛苦和悲哀这一问题的自作解答。《笑》和《天》的这两个形而上意味十足的段落，在两部小说的结构上也是起着开阖作用的画龙点睛的两个"眼"。

陆：我觉得这两部小说所要讲的就是这么两句话。金庸虽然不会武功，但却说明武学三昧。把武学之道上升到哲理高度，给人的启发远远超越了武侠小说的意义。

张：这是金庸小说的特色所在。这种"形而上"的意味不但时时流露在字里行间，时时集合成一些极为出色的段落，而且渗露在作品的"象"里，如水中之盐，小说中的人物往往不能脱离这种意味而独立。这种"形而上"的意味是如此浓烈，以至海外有的人读金庸的小说，每天清晨平心静气读上一二页，以当参禅。在金庸三部最精彩的作品中，《笑傲江湖》的思想根基在道，《天龙八部》的思想根基在佛，《鹿鼎记》的思想根基在西方。这三个思想根基是解读金庸的关键，代表了金庸作品的三个文化来源，也表现了金庸对文化的认识。

裘小龙、张文江、陆灏：《金庸武侠小说三人谈》

汪曾祺
受　戒

汪曾祺，1920 年出生于江苏高邮。在家乡读完小学、初中后，入江阴南普中学读高中。1939 年从上海经香港、越南到昆明，考入西南联大中国文学系，成为沈从文的学生。大学期间开始发表作品。离开大学后，曾在昆明、上海教过几年中学，出版了小说集《邂逅集》。1948 年到北平，失业半年后，到历史博物馆任职。不久，参加中国人民解放军四野战军南下工作团。到武汉时被留下参与接管文教单位，后被派到一女子中学任教。一年后调北京市文联工作。1954 年调至中国民间文艺研究会工作。这期间一直当文艺编辑，编过《北京文艺》《说说唱唱》《民间文学》。1958 年被错划为右派，下放到长城外的一个农业科学研究所劳动。1962 年调北京市京剧团任编剧，"文革"中曾参与改编京剧《沙家浜》。主要作品有：小说集《羊舍的夜晚》《汪曾祺短篇小说选》《晚饭花集》，评论集《晚翠文谈》等。1997 年于北京病逝。有《汪曾祺文集》5 卷。

明海出家已经四年了。

他是十三岁来的。

这个地方的地名有点怪，叫庵赵庄。赵，是因为庄上大都姓赵。叫作庄，可是人家住得很分散，这里两三家，那里两三家。一出门，远远可以看到，走起来得走一会，因为没有大路，都是弯弯曲曲的田埂。庵，是因为有一个庵。庵叫菩提庵，可是大家叫讹了，叫成荸荠庵。连庵里的和尚也这样叫。"宝刹何处？"——"荸荠庵。"庵本来是住尼姑的。"和尚庙"、"尼姑庵"嘛。可是荸荠庵住的是和尚。也许因为荸荠庵不大，大者为庙，小者为庵。

明海在家叫小明子。他是从小就确定要出家的。他的家乡不叫"出家"，叫"当和尚"。他的家乡出和尚。就像有的地方出劁猪的，有的地方出织席子的，有的地方出箍桶的，有的地方出弹棉花的，有的地方出画匠，有的地方出婊子，他的家乡出和尚。人家弟兄多，就派一个出去当和尚。当和尚也要通过关系，也有帮。这地方的和尚有的走得很远。有到杭州灵隐寺的、上海静安寺的、镇江金山寺的、扬州天宁寺的。一般的就在本县的寺庙。明海家田少，老大、老二、老三，就足够种的了。他是老四。他七岁那年，他当和尚的舅舅回家，他爹、他娘就和舅舅商议，决定叫他当和尚。他当时在旁边，觉得这实在是在情在理，没有理由反对。当和尚有很多好处。一是可以吃现成饭。哪个庙里都是管饭的。二是可以攒钱。只要学会了放瑜伽焰口，拜梁皇忏，可以按例分到辛苦钱。积攒起来，将来还俗娶亲也可以；不想还俗，买几亩田也可以。当和尚也不容易，一要面如朗月，二要声如钟磬，三要聪明记性好。他舅舅给他相了相面，叫他前走几步，后走几步，又叫他喊了一声赶牛打场的号子："格当得——"，说是"明子准能当个好和尚，我包了！"要当和尚，得下点本，——念几年书。哪有不认字的和尚呢！于是明子就开蒙入学，读了《三字经》《百家姓》《四言杂字》《幼学琼林》、"上论、下论"、"上孟、下孟"，每天还写一张仿。村里都夸他字写得好，很黑。

舅舅按照约定的日期又回了家，带了一件他自己穿的和尚领的短衫，叫明子娘改小一点，给明子穿上。明子穿了这件和尚短衫，下身还是在家穿的紫花裤子，赤脚穿了一双新布鞋，跟他爹、他娘磕了一个头，就随舅舅走了。

他上学时起了个学名，叫明海。舅舅说，不用改了。于是"明海"就从学名变成了法名。

过了一个湖。好大一个湖！穿过一个县城。县城真热闹：官盐店，税务局，肉铺里挂着成爿的猪，一个驴子在磨芝麻，满街都是小磨香油的香味，布店，卖茉莉粉、梳头油的什么斋，卖绒花的，卖丝线的，打把式卖膏药的，吹糖人的，耍蛇的，……他什么都想看看。舅舅一劲地推他："快走！快走！"

到了一个河边，有一只船在等着他们。船上有一个五十来岁的瘦长瘦长的大伯，船头蹲着一个跟明子差不多大的女孩子，在剥一个莲蓬吃。明子和舅舅坐到舱里，船就开了。

明子听见有人跟他说话，是那个女孩子。

"是你要到荸荠庵当和尚吗？"

明子点点头。

"当和尚要烧戒疤哎！你不怕？"

明子不知道怎么回答，就含含糊糊地摇了摇头。

"你叫什么？"

"明海。"

"在家的时候？"

"叫明子。"

"明子！我叫小英子！我们是邻居。我家挨着荸荠庵。——给你！"

小英子把吃剩的半个莲蓬扔给明海，小明子就剥开莲蓬壳，一颗一颗吃起米。

大伯一桨一桨地划着，只听见船桨拨水的声音：

"哗——许！哗——许！"……

……

荸荠庵的地势很好，在一片高地上。这一带就数这片地势高，当初建庵的人很会选地方。门前是一条河。门外是一片很大的打谷场。三面都是高大的柳树。山门里是一个穿堂。迎门供着弥勒佛。不知是哪一位名士撰写了一副对联：

　　　　大肚能容容天下难容之事
　　　　开颜一笑笑世间可笑之人

弥勒佛背后，是韦驮。过穿堂，是一个不小的天井，种着两棵白果树。天井两边各有三间厢房。走过天井，便是大殿，供着三世佛。

佛像连龛才四尺来高。大殿东边是方丈，西边是库房。大殿东侧，有一个小小的六角门，白门绿字，刻着一副对联：

一花一世界
三藐三菩提

进门有一个狭长的天井，几块假山石，几盆花，有三间小房。

小和尚的日子清闲得很。一早起来，开山门，扫地。庵里的地铺的都是箩底方砖，好扫得很，给弥勒佛、韦驮烧一炷香，正殿的三世佛面前也烧一炷香、磕三个头、念三声"南无阿弥陀佛"，敲三声磬。这庵里的和尚不兴做什么早课、晚课，明子这三声磬就全部代替了。然后，挑水，喂猪。然后，等当家和尚，即明子的舅舅起来，教他念经。

教念经也跟教书一样，师父面前一本经，徒弟面前一本经，师父唱一句，徒弟跟着唱一句。是唱哎。舅舅一边唱，一边还用手在桌上拍板。一板一眼，拍得很响，就跟教唱戏一样。是跟教唱戏一样，完全一样哎。连用的名词都一样。舅舅说，念经：一要板眼准，二要合工尺。说：当一个好和尚，得有条好嗓子。说：民国二十年闹大水，运河倒了堤，最后在清水潭合龙，因为大水淹死的人很多，放了一台大焰口，十三大师——十三个正座和尚，各大庙的方丈都来了，下面的和尚上百。谁当这个首座？推来推去，还是石桥——善因寺的方丈！他往上一坐，就跟地藏王菩萨一样，这就不用说了；那一声"开香赞"，围看的上千人立时鸦雀无声。说：嗓子要练，夏练三伏，冬练三九，要练丹田气！说：要吃得苦中苦，方为人上人！

说：和尚里也有状元、榜眼、探花！要用心，不要贪玩！舅舅这一番大法要说得明海和尚实在是五体投地，于是就一板一眼地跟着舅舅唱起来：

"炉香乍爇——"

"炉香乍爇——"

"法界蒙薰——"

"法界蒙薰——"

"诸佛现金身……"

"诸佛现金身……"

……

等明海学完了早经，——他晚上临睡前还要学一段，叫作晚经，——荸荠庵的师父们就都陆续起床了。

这庵里人口简单，一共六个人。连明海在内，五个和尚。

有一个老和尚，六十几了，是舅舅的师叔，法名普照，但是知道的人很少，因为很少人叫他法名，都称之为老和尚或老师父，明海叫他师爷爷。这是个很枯寂的人，一天关在房里，就是那"一花一世界"里。也看不见他念佛，只是那么一声不响地坐着。他是吃斋的，过年时除外。

下面就是师兄弟三个，仁字排行：仁山、仁海、仁渡。庵里庵外，有的称他们为大师父、二师父；有的称之为山师父、海师父。只有仁渡，没有叫他"渡师父"的，因为听起来不像话，大都直呼之为仁渡。他也只配如此，因为他还年轻，才二十多岁。

仁山，即明子的舅舅，是当家的。不叫"方丈"，也不叫"住持"，却叫"当家的"，是很有道理的，因为他确确实实干的是当家的职务。他屋里摆的是一张账桌，桌子上放的是账簿和算盘。账簿共有三本。一本是经账，一本是租账，一本是债账。和尚要做法事，做法事要收钱。——要不，当和尚干什么？常做的法事是放焰口。正规的焰口是十个人。一个正座，一个敲鼓的，两边一边四个。人少了，八个，一边三个，也凑合了。荸荠庵只有四个和尚，要放整焰口就得和别的庙里合伙。这样的时候也有过。通常只是放半台焰口。一个正座，一个敲鼓，另外一边一个。一来找别的庙里合伙费事；二来这一带放得起整焰口的人家也不多。有的时候，谁家死了人，就只请两个，甚至一个和尚咕噜咕噜念一通经，敲打几声法器就算完事。很多人家的经钱不是当时就给，往往要等秋后才还。这就得记账。另外，和尚放焰口的辛苦钱不是一样的。就像唱戏一样，有份子。正座第一份。因为他要领唱，而且还要独唱。当中有一大段"叹骷髅"，别的和尚都放下法器休息，只有首座一个人有板有眼地曼声吟唱。第二份是敲鼓的。你以为这容易呀？哼，单是一开头的"发擂"，手上没功夫就敲不出迟疾顿挫！其余的，就一样了。这也得记上：某月某日、谁家焰口半台，谁正座，谁敲鼓……省得到年底结账时赌咒骂娘。……这庵里有几十亩庙产，租给人种，到时候要收租。庵里还放债。租、债一向倒很少亏欠，因为租佃借钱的人怕菩萨不高兴。这三本账就够仁山忙的了。另外香烛、打火、油盐"福食"，这也得随时记记账呀。除了账簿之外，山师父的方丈的墙上还挂着一块水牌，上漆四个红字："勤笔免思"。

仁山所说当一个好和尚的三个条件，他自己其实一条也不具备。他的相貌只要用两个字就说清楚了：黄，胖。声音也不像钟磬，倒像母猪。聪明么？难说，打牌老输。他在庵里从不穿袈裟，连海青直裰也免了。经常是披着件短僧衣，袒露着一个黄色的肚子。下面是光脚趿拉着一双僧鞋，——新鞋他也是趿拉着。他一天就是这样不衫不履地这里走走，那里走走，发出母猪一样的声音："嗯——嗯——"

二师父仁海。他是有老婆的。他老婆每年夏秋之间来住几个月，因为庵里凉快。庵里有六个人，其中之一，就是这位和尚的家眷。仁山、仁渡叫她嫂子，明海叫她师娘。这两口子都很爱干净，整天地洗涮。傍晚的时候，坐在天井里乘凉。白天，闷在屋里不出来。

三师父是个很聪明精干的人。有时一笔账大师兄扒了半天算盘也算不清，他眼珠子转两转，早算得一清二楚。他打牌赢的时候多，二三十张牌落地，上下家手里有些什么牌，他就差不多都知道了。他打牌时，总有人爱在他后面看歪头胡。谁家约他打牌，就说"想送两个钱给你。"他不但经忏俱通（小庙的和尚能够拜忏的不多），而且身怀绝技，会"飞铙"。七月间有些地方做盂兰会，在旷地上放大焰口，几十个和尚，穿绣花袈裟，飞铙。飞铙就是把十多斤重的大铙钹飞起来。到了一定的时候，全部法器皆停，只几十副大铙紧张急促地敲起来。忽然起手，大铙向半空中飞去，一面飞，一面旋转。然后，又落下来，接住。接住不是平平常常地接住，有各种架势，"犀牛望月"、"苏秦背剑"……这哪是念经，这是耍杂技。也许是地藏王菩萨爱看这个，但真正因此快乐起来的是人，尤其是妇女和孩子。这是年轻漂亮的和尚出风头的机会。一场大焰口过后，也像一个好戏班子过后一样，会有一个两个大姑娘、小媳妇失踪，——跟和尚跑了。他还会放"花焰口"。有的人家，亲戚中多风流子弟，在不是很哀伤的佛事——如做冥寿时，就会提出放花焰口。

所谓"花焰口"就是在正焰口之后，叫和尚唱小调，拉丝弦，吹管笛，敲鼓板，而且可以点唱。仁渡一个人可以唱一夜不重头。仁渡前几年一直在外面，近二年才常住在庵里。据说他有相好的，而且不止一个。他平常可是很规矩，看到姑娘媳妇总是老老实实的，连一句玩笑话都不说，一句小调山歌都不唱。有一回，在打谷场上乘凉的时候，一伙人把他围起来，非叫他唱两个不可。他却情不过，说："好，唱一个。不唱家乡的。家乡的你们都熟，唱个安徽的。"

姐和小郎打大麦，

一转子讲得听不得。

听不得就听不得，

打完了大麦打小麦。

唱完了，大家还嫌不够，他就又唱了一个：

姐儿生得漂漂的，

两个奶子翘翘的。

有心上去摸一把，

心里有点跳跳的。

……

这个庵里无所谓清规，连这两个字也没人提起。

仁山吃水烟，连出门做法事也带着他的水烟袋。

他们经常打牌。这是个打牌的好地方。把大殿上吃饭的方桌往门口一搭，斜放着，就是牌桌。桌子一放好，仁山就从他的方丈里把筹码拿出来，哗啦一声倒在桌上。斗纸牌的时候多，搓麻将的时候少。牌客除了师兄弟三人，常来的是一个收鸭毛的，一个打兔子兼偷鸡的，都是正经人。收鸭毛的担一副竹筐，串乡串镇，拉长了沙哑的声音喊叫：

"鸭毛卖钱——！"

偷鸡的有一件家什——铜蜻蜓。看准了一只老母鸡，把铜蜻蜓一丢，鸡婆子上去就是一口。这一啄，铜蜻蜓的硬簧绷开，鸡嘴撑住了，叫不出来了。正在这鸡十分纳闷的时候，上去一把薅住。

明子曾经跟这位正经人要过铜蜻蜓看看。他拿到小英子家门前试了一试，果然！小英的娘知道了，骂明子：

"要死了！儿子！你怎么到我家来玩铜蜻蜓了！"

小英子跑过来：

"给我！给我！"

她也试了试，真灵，一个黑母鸡一下子就把嘴撑住，傻了眼了！

下雨阴天，这二位就光临荸荠庵，消磨一天。

有时没有外客，就把老师叔也拉出来，打牌的结局，大都是当家和尚气得鼓鼓的："×妈妈的！又输了！下回不来了！"

他们吃肉不瞒人。年下也杀猪。杀猪就在大殿上。一切都和在家人一样，开水、水桶、尖刀。捆猪的时候，猪也是没命地叫。跟在家人不同的，是多一道仪式，要给即将升天的猪念一道"往生咒"，并且总是老师叔念，神情很庄重：

"……一切胎生、卵生、息生，来从虚空来，还归虚空去，往生再世，皆当欢喜。南无阿弥陀佛！"

三师父仁渡一刀子下去，鲜红的猪血就带着很多沫子喷出来。

······ ······

明子老往小英子家里跑。

小英子的家像一个小岛，三面都是河，西面有一条小路通到荸荠庵。独门独户，岛上只有这一家。岛上有六棵大桑树，夏天都结大桑葚，三棵结白的，三棵结紫的；一个菜园子，瓜豆蔬菜，四时不缺。院墙下半截是砖砌的，上半截是泥夯的。大门是桐油油过的，贴着一副万年红的春联：

向阳门第春常在

积善人家庆有余

门里是一个很宽的院子。院子里一边是牛屋、碓棚；一边是猪圈、鸡窠，还有个关鸭子的栅栏。露天地放着一具石磨。正北面是住房，也是砖基土筑，上面盖的一半是瓦，一半是草。房子翻修了才三年，木料还露着白茬。正中是堂屋，家神菩萨的画像上贴的金还没有发黑。两边是卧房。隔扇窗上各嵌了一块一尺见方的玻璃，明亮亮的，——这在乡下是不多见的。房檐下一边种着一棵石榴树，一边种着一棵栀子花，都齐房檐高了。夏天开了花，一红一白，好看得很。栀子花香得冲鼻子。顺风的时候，在荸荠庵都闻得见。

这家人口不多。他家当然是姓赵。一共四口人：赵大伯、赵大妈，两个女儿，大英子、小英子。老两口没得儿子。因为这些年人不得病，牛不生灾，也没有大旱大水闹蝗虫，日子过得很兴旺。他们家自己有田，本来够吃的了，又租种了庵上的十亩田。自己的田里，一亩种了荸荠，——这一半是小英子的主意，她爱吃荸荠，一亩种了慈姑。家里喂了一大群鸡鸭，单是鸡蛋鸭毛就够一年的油盐了。赵大伯是个能干人。他是一个"全把式"，不但田里场上样样精通，还会罩鱼、洗磨、凿磨、修水车、修船、砌墙、烧砖、箍桶、劈篾、绞麻绳。他不咳嗽，不腰疼，结结实实，像一棵榆树。人很和气，一天不声不响。赵大伯是一棵摇钱树，赵大娘就是个聚宝盆。大娘精神得出奇。五十岁了，两个眼睛还是清亮亮的。不论什么时候，头都是梳得滑滴滴的，身上衣服都是格挣挣的。像老头子一样，她一天不闲着。煮猪食，喂猪，腌咸菜，——她腌的咸萝卜干非常好吃，舂粉子，磨小豆腐，编蓑衣，织芦筐。她还会剪花样子。这里嫁闺女，陪嫁妆，磁坛子、锡罐子，都要用梅红纸剪出吉祥花样，贴在上面，讨个吉利，也才好看："丹凤朝阳"呀、"白头到老"呀、"子孙万代"呀、"福寿绵长"呀。二三十里的人家都来请她："大娘，好日子是十六，你哪天去呀？"——"十五，我一大清早就来！"

"一定呀！"——"一定！一定！"

两个女儿，长得跟她娘像一个模子里托出来的。眼睛长得尤其像，白眼珠鸭蛋青，黑眼珠棋子黑，定神时如清水，闪动时像星星。浑身上下，头是头，脚是脚。头发滑溜溜的，衣服格挣挣的。——这里的风俗，十五六岁的姑娘就都梳上头了。这两个丫头，这一头的好头发！通红的发根，雪白的簪子！娘女三个去赶集，一集的人都朝她们望。

姐妹俩长得很像，性格不同。大姑娘很文静，话很少，像父亲。小英子比她娘还会说，一天咭咭呱呱地不停。大姐说：

"你一天到晚咭咭呱呱——"

"像个喜鹊!"

"你自己说的! ——吵得人心乱!"

"心乱?"

"心乱!"

"你心乱怪我呀!"

二姑娘话里有话。大英子已经有了人家。小人她偷偷地看过，人很敦厚，也不难看，家道也殷实，她满意。已经下过小定，日子还没有定下来。她这二年，很少出房门，整天赶她的嫁妆。大裁大剪，她都会。挑花绣花，不如娘。可她又嫌娘出的样子太老了。她到城里看过新娘子，说人家现在绣的都是活花活草。这可把娘难住了。最后是喜鹊忽然一拍屁股："我给你保举一个人!"

这人是谁，是明子。明子念"上孟下孟"的时候，不知怎么得了半套《芥子园》，他喜欢得很。到了荸荠庵，他还常翻出来看，有时还把旧账簿子翻过来，照着描。小英子说：

"他会画! 画得跟活的一样!"

小英子把明海请到家里来，给他磨墨铺纸，小和尚画了几张，大英子喜欢得了不得：

"就是这样! 就是这样! 这就可以乱孱!"——所谓"乱孱"是绣花的一种针法：绣了第一层，第二层的针脚插进第一层的针缝，这样颜色就可由深到淡，不露痕迹，不像娘那一代绣的花是平针，深浅之间，界限分明，一道一道的。小英子就像个书童，又像个参谋：

"画一朵石榴花!"

"画一朵栀子花！"

她把花掐来，明海就照着画。

到后来，凤仙花、石竹子、水蓼、淡竹叶、天竺果子、蜡梅花，他都能画。

大娘看着也喜欢，搂住明海的和尚头：

"你真聪明！你给我当一个干儿子吧！"

小英子捺住他的肩膀，说：

"快叫！快叫！"

小明子跪在地上磕了一个头，从此就叫小英子的娘做干娘。

大英子绣的三双鞋，三十里方圆都传遍了。很多姑娘都走路坐船来看。看完了，就说："啧啧啧，真好看！这哪是绣的，这是一朵鲜花！"她们就拿了纸来央大娘求了小和尚来画。有求画帐檐的，有求画门帘飘带的，有求画鞋头花的。每回明子来画花，小英子就给他做点好吃的，煮两个鸡蛋，蒸一碗芋头，煎几个藕团子。

因为照顾姐姐赶嫁妆，田里的零碎生活小英子就全包了。她的帮手，是明子。

这地方的忙活是栽秧、车高田水、薅头遍草、再就是割稻子、打场了。这几茬重活，自己一家是忙不过来的。这地方兴换工。排好了日期，几家顾一家，轮流转。不收工钱，但是吃好的。一天吃六顿，两头见肉，顿顿有酒。干活时，敲着锣鼓，唱着歌，热闹得很。其余的时候，各顾各，不显得紧张。

薅三遍草的时候，秧已经很高了，低下头看不见人。一听见非常脆亮的嗓子在一片浓绿里唱：

栀子哎开花哎六瓣头哎……

姐家哎门前哎一道桥哎……

明海就知道小英子在哪里，三步两步就赶到，赶到就低头薅起草来。傍晚牵牛"打汪"，是明子的事。——水牛怕蚊子。这里的习惯，牛卸了轭，饮了水，就牵到一口和好泥水的"汪"里，由它自己打滚扑腾，弄得全身都是泥浆，这样蚊子就咬不透了。低田上水，只要一挂十四轧的水车，两个人车半天就够了。明子和小英子就伏在车杠上，不紧不慢地踩着车轴上的拐子，轻轻地唱着明海向三师父学来的各处山歌。打场的时候，明子能替赵大伯一会，让他回家吃饭。——赵家自己没有场，每年都在荸荠庵外面的场上打谷子。他一扬鞭子，喊起了打场号子：

"格当嘚——"

这打场号子有音无字，可是九转十三弯，比什么山歌号子都好听。赵大娘在家，听见明子的号子，就侧起耳朵：

"这孩子这条嗓子！"

连大英子也停下针线：

"真好听！"

小英子非常骄傲地说：

"一十三省数第一！"

晚上，他们一起看场。——荸荠庵收来的租稻也晒在场上。他们并肩坐在一个石磙子上，听青蛙打鼓，听寒蛇唱歌，——这个地方以为蝼蛄叫是蚯蚓叫，而且叫蚯蚓叫"寒蛇"，听纺纱婆子不停地纺纱，"唦——"，看萤火虫飞来飞去，看天上的流星。

"呀！我忘了在裤带上打一个结！"小英子说。

这里的人相信，在流星掉下来的时候在裤带上打一个结，心里想什么好事，就能如愿。

…… ……

"搌"荸荠，这是小英子最爱干的生活。秋天过去了，地净场光，荸荠的叶子枯了，——荸荠笔直像小葱一样的圆叶子里是一格一格的，用手一搌，哔哔地响，小英子最爱搌着玩，——荸荠藏在烂泥里。赤了脚，在凉浸浸滑溜溜的泥里踩着，——哎，一个硬疙瘩！伸手下去，一个红紫红紫的荸荠。她自己爱干这生活，还拉了明子一起去。她老是故意用自己的光脚去踩明子的脚。

她挎着一篮子荸荠回去了，在柔软的田埂上留了一串脚印。明海看着她的脚印，傻了。五个小小的趾头，脚掌平平的，脚跟细细的，脚弓部分缺了一块。明海身上有一种从来没有过的感觉，他觉得心里痒痒的。这一串美丽的脚印把小和尚的心搞乱了。

…… ……

明子常搭赵家的船进城，给庵里买香烛，买油盐。闲时是赵大伯划船；忙时是小英子去，划船的是明子。

从庵赵庄到县城，当中要经过一片很大的芦花荡子。芦苇长得密密的，当中一条水路，四边不见人。划到这里，明子总是无端端地觉得心里很紧张，他就使劲地划桨。

小英子喊起来：

"明子！明子！你怎么啦？你发疯啦？为什么划得这么快？"

…… ……

明海到善因寺去受戒。

115

"你真的要去烧戒疤呀?"

"真的。"

"好好的头皮上烧十二个洞,那不疼死啦?"

"咬咬牙。舅舅说这是当和尚的一大关,总要过的。"

"不受戒不行吗?"

"不受戒的是野和尚。"

"受了戒有啥好处?"

"受了戒就可以到处云游,逢寺挂褡。"

"什么叫'挂褡'?"

"就是在庙里住。有斋就吃。"

"不把钱?"

"不把钱。有法事,还得先尽外来的师父。"

"怪不得都说'远来的和尚会念经'。就凭头上这几个戒疤?"

"还要有一份戒牒。"

"闹半天,受戒就是领一张和尚的合格文凭呀!"

"就是!"

"我划船送你去。"

"好。"

小英子早早就把船划到荸荠庵门前。不知是什么道理,她兴奋得很。她充满了好奇心,想去看看善因寺这座大庙,看看受戒是个啥样子。

善因寺是全县第一大庙,在东门外,面临一条水很深的护城河,三面都是大树,寺在树林子里,远处只能隐隐约约看到一点金碧辉煌的屋顶,不知道有多大。树上到处挂着"谨防恶犬"的牌子。这寺里的狗出名的厉害。平常不大有人进去。放戒期间，任人游看，恶狗都锁起来了。

好大一座庙！庙门的门槛比小英子的胳膝都高。迎门矗着两块大牌，一边一块，一块写着斗大两个大字"放戒"，一块是"禁止喧哗"。这庙里果然是气象庄严，到了这里谁也不敢大声咳嗽。明海自去报名办事，小英子就到处看看。好家伙，这哼哈二将、四大天王，有三丈多高，都是簇新的，才装修了不久。天井有二亩地大，铺着青石，种着苍松翠柏。"大雄宝殿"，这才真是个"大殿"！一进去，凉飕飕的。到处都是金光耀眼。释迦牟尼佛坐在一个莲花座上，单是莲座，就比小英子还高。抬起头来也看不全他的脸，只看到一个微微闭着的嘴唇和胖墩墩的下巴。两边的两根大红蜡烛，一搂多粗。佛像前的大供桌上供着鲜花、绒花、绢花，还有珊瑚树，玉如意、整颗的大象牙。香炉里烧着檀香。小英子出了庙，闻着自己的衣服都是香的。挂了好些幡。这些幡不知是什么缎子的，那么厚重，绣的花真细。这么大一口磬，里头能装五担水！这么大一个木鱼，有一头牛大，漆得通红的。她又去转了转罗汉堂，爬到千佛楼上看了看。真有一千个小佛！她还跟着一些人去看了看藏经楼。藏经楼没有什么看头，都是经书！妈吔！逛了这么一圈，腿都酸了。小英子想起还要给家里打油，替姐姐配丝线，给娘买鞋面布，给自己买两个坠围裙飘带的银蝴蝶，给爹买旱烟，就出庙了。

等把事情办齐，晌午了。她又到庙里看了看，和尚正在吃粥。好大一个"膳堂"，坐得下八百个和尚。吃粥也有这样多讲究：正面法座上摆着两个锡胆瓶，里面插着红绒花，后面盘膝坐着一个穿了大红满金绣袈裟的和尚，手里拿了戒尺。这戒尺是要打人的。哪个和尚吃粥吃出了声音，他下来就是一戒尺。不过他并不真的打人，只是做个样子。真稀奇，那么多的和尚吃粥，竟然不出一点声音！她看见明子也坐在里面，想跟他打个招呼又不好打。想了想，管他禁止不禁止喧哗，就大声喊了一句："我走啦！"她看见明子目不斜视地微微点了点头，就不管很多人都朝自己看，大摇大摆地走了。

第四天一大清早小英子就去看明子。她知道明子受戒是第三天半夜，——烧戒疤是不许人看的。她知道要请老剃头师傅剃头，要剃得横摸顺摸都摸不出头发茬子，要不然一烧，就会"走"了戒，烧成了一片。她知道是用枣泥子先点在头皮上，然后用香头子点着。她知道烧了戒疤就喝一碗蘑菇汤，让它"发"，还不能躺下，要不停地走动，叫作"散戒"。这些都是明子告诉她的。明子是听舅舅说的。

她一看，和尚真在那里"散戒"，在城墙根底下的荒地里。一个一个，穿了新海青，光光的头皮上都有十二个黑点子。——这黑疤掉了，才会露出白白的、圆圆的"戒疤"。和尚都笑嘻嘻的，好像很高兴。她一眼就看见了明子。隔着一条护城河，就喊他：

"明子！"

"小英子！"

"你受了戒啦？"

"受了。"

"疼吗？"

"疼。"

"现在还疼吗？"

"现在疼过去了。"

"你哪天回去?"

"后天。"

"上午? 下午?"

"下午。"

"我来接你!"

"好!"

······ ······

小英子把明海接上船。

小英子这天穿了一件细白夏布上衣,下边是黑洋纱的裤子,赤脚穿了一双龙须草的细草鞋,头上一边插着一朵栀子花,一边插着一朵石榴花。她看见明子穿了新海青,里面露出短褂子的白领子,就说:"把你那外面的一件脱了,你不热呀!"

他们一人一支桨。小英子在中舱,明子扳艄,在船尾。

她一路问了明子很多话,好像一年没有看见了。

她问,烧戒疤的时候,有人哭吗? 喊吗?

明子说,没有人哭,只是不住地念佛。有个山东和尚骂人:

"俺日你奶奶! 俺不烧了!"

她问善因寺的方丈石桥是相貌和声音都很出众吗?

"是的。"

"说他的方丈比小姐的绣房还讲究?"

"讲究。什么东西都是绣花的。"

"他屋里很香?"

"很香。他烧的是伽楠香,贵得很。"

"听说他会作诗,会画画,会写字?"

"会。庙里走廊两头的砖额上，都刻着他写的大字。"

"他是有个小老婆吗？"

"有一个。"

"才十九岁？"

"听说。"

"好看吗？"

"都说好看。"

"你没看见？"

"我怎么会看见？我关在庙里。"

明子告诉她，善因寺一个老和尚告诉他，寺里有意选他当沙弥尾，不过还没有定，要等主事的和尚商议。

"什么叫'沙弥尾'？"

"放一堂戒，要选出一个沙弥头，一个沙弥尾。沙弥头要老成，要会念很多经。沙弥尾要年轻，聪明，相貌好。"

"当了沙弥尾跟别的和尚有什么不同？"

"沙弥头，沙弥尾，将来都能当方丈。现在的方丈退居了，就当。石桥原来就是沙弥尾。"

"你当沙弥尾吗？"

"还不一定哪。"

"你当方丈，管善因寺？管这么大一个庙？！"

"还早呐！"

划了一气，小英子说："你不要当方丈！"

"好，不当。"

"你也不要当沙弥尾！"

"好，不当。"

又划了一气，看见那一片芦花荡子了。

小英子忽然把桨放下，走到船尾，趴在明子的耳朵旁边，小声地说：

"我给你当老婆，你要不要？"

明子眼睛鼓得大大的。

"你说话呀！"

明子说："嗯。"

"什么叫'嗯'呀！要不要，要不要？"

明子大声地说："要！"

"你喊什么？"

明子小小声说："要——！"

"快点划！"

英子跳到中舱，两支桨飞快地划起来，划进了芦花荡。

芦花才吐新穗。紫灰色的芦穗，发着银光，软软的，滑溜溜的，像一串丝线。有的地方结了蒲棒，通红的，像一支一支小蜡烛。青浮萍，紫浮萍。长脚蚊子，水蜘蛛。野菱角开着四瓣的小白花。惊起一只青桩（一种水鸟），擦着芦穗，扑鲁鲁鲁飞远了。

……　……

一九八〇年八月十二日

写四十三年前的一个梦。

选自《汪曾祺文集·小说卷》（上）

江苏文艺出版社 1994 年版

作家的话 ◈◈

小说当然要有思想。我以为思想是小说首要的东西。但必须是作者自己的思想，不是别人的思想。一个小说家对于生活要有自己的感受，自己的思索，自己的独特的感悟。对于生活的思索是非常重要的，要不断地思索，一次比一次更深入的思索。一个作家与常人的不同，就是对生活思索得更多一些，看得更深一些。不是这样，要作家有什么用？但是一些理论书中所说的"思想性"实际上是政治性。"为政治服务"是一个片面性的、不好的口号。这限制了作家的思想。新时期以来文学创作有一种倾向，即从"为政治"回归到"为人生"。我以为这种倾向是好的，这拓宽了文学创作的天地。政治不能涵盖人生的全部内容。

其次很多人心目中对小说叙事模式有个一定之规。他们不知道小说创作方法第一必须打破常规。大家都是一个写法，都是"那样"的小说，那还有什么多样化的风格？

我的一些"这样"的小说可能使青年作家受到某种启发，差堪自慰。但是他们都已经走到我的前面了，我应该向他们学习。

我希望青年作家还能从我这里接受的一点影响是：语言的朴素。

《汪曾祺文集·自序》

评论家的话 ◈◈

汪曾祺的小说中其实也隐隐带着秦少游的流风遗韵。秦观有一首《鹊桥仙》，说的也是牛郎织女七夕会：

纤云弄巧，飞星传恨，银汉迢迢暗度。金风玉露一相逢，便胜却人间无数。

柔情似水，佳期如梦，忍顾鹊桥归路。两情若是久长时，又岂在朝朝暮暮？

这同汪曾祺的笔墨在神韵上确是像极了。其中"纤云弄巧"一句，不正同"巧云"的名字暗合么？据汪曾祺自己说，他的小说留给一位法国汉学家的印象是满纸都是水。殊不知秦少游已有"柔情似水"的名句了。高邮是江南水乡，所以把水的温软多情作为作品的底色，已成为一种文学上的传统。

至于"佳期如梦"，那也是汪曾祺《大淖记事》的中心意象。汪曾祺的爱情小说如《大淖记事》《受戒》，都似乎交织着梦境和现实力量两条线索。梦境一般象征着情人的幽期密约、海誓山盟，而现实力量则代表着外来的粗暴干涉。这里就涉及了中国传统知识分子的一个重要的心理秘密。编造关于巫山云雨的梦境成了他们对残酷的历史过程的一种特殊的心灵规避方式。因此他们写的爱情故事不论怎样美丽，却总笼罩着一种"杜鹃声里斜阳暮"的沉郁色彩。汪曾祺曾说："我买了一部词学丛书，课余常用毛笔抄宋词，既练了书法，也略窥了词意。词大都是抒情的，多写离别。这和少年人每每有的无端感伤情绪易于相合，到现在我的小说里还带有一点隐隐约约的哀愁。"这段回忆说明了他的创作与宋词的关系。在宋代词人中，高邮人氏确以秦少游最为著名。所以尽管汪曾祺没有明说，也自然可以使人联想到他和秦观之渊源了。

胡河清：《汪曾祺论》

公 刘

◈ 读罗中立的油画 《父亲》

　　公刘，1927 年出生，江西南昌人，原名刘仁勇。青年时代就参加了中共地下学联的宣传工作，发表了大量诗与杂文。1949 年随解放军赴大西南，在云南军区从事文艺创作，其诗作将边疆士兵的自豪与神奇的自然景物作巧妙糅合，代表作有《西盟的早晨》等。1955 年调北京中央军委总政治部创作室任创作员，参加整理民间诗歌《阿诗玛》等。1957 年反右运动中被划为右派，遣送山西工地服劳役。1979 年平反后任安徽文学院院长等。复出后的诗作，直面现实，充满激情和理智的锋芒，常以议论入诗，严峻深沉的诗思中渗透了庄严的苦涩和哀痛。著有《仙人掌》《公刘诗选》等。另有诗论集、杂文集多种。2003 年于合肥去世。

父亲，我的父亲！

是谁把这支圆珠笔

强夹在你的左耳轮?!

难道这就象征富裕?

难道这就象征文明?

难道这就象征进步?

难道这就象征革命?

父亲！你听了见吗？你听见了吗？

整个的展览大厅,

全体的男女人群,

都在默默地呼喊:

快扔掉它！扔掉那廉价的装饰品！

真愿变作你手中的碗啊,

一生一世和你不离分！

粗糙的碗,有鱼纹图案的碗,

像出土文物一般古老的碗,

我愿承受你额头的汗,

并且把它吮吸干净;

只有你的汗能溶解

我出土文物一般硬化了的心！

秦朝的心啊，

汉朝的心啊，

唐朝的心啊，

也许，还有共和国的心！

有谁能数得清你死过多少次！

有父亲！我的父亲！

那年你同矿石担子一道滚下夜的深渊，

土高炉照旧举着火把吆喝队伍狂奔，

尸骨都来不及收啊，

豺狼已把你啃得骨肉支离难以辨认……

那年你倚着土墙打盹，

在太阳的爱抚下再也不醒，

嘴角淌着黄绿色的液汁，

浮肿的手还将一把草籽攥得紧紧……

那年你奢拉着脑袋，硬把漫坡地撕成大寨田，

然后拉着犁，缰绳扣进肉里勒出血印，

吸完你最后一撮干桃叶烟末，

你倒下去，天上照旧活着哑了亿万年的星星。

父亲！我的父亲！

你浇灌了多少个好年景！

可惜了！可惜了你背后一片黄金！

快车转身去吧，快！快！

黄金理当属于你！你是主人！

主人！明白吗？主人！

父亲啊，我的父亲！

我在为你祈祷，为你祈祷，

再也不能变幻莫测了，

我的老天！我的天上的风云！

1981年2月至4月

选自《公刘短诗精读》

人民文学出版社1995年版

作家的话 ◈

只有流沙没有水的地方，怎么活？

不幸，过去了的三十年，竟有多一半的时间我被驱赶于流沙之中；生命为大饥渴所折磨，喑哑了。

但也有幸，流沙终不过是流沙，流沙覆盖着的下层依旧有沃土膏壤。

因而可望扎根之处还是有的，虽则很深。

歌声多情，歌声有义，歌声并未弃我而去，只是由于缺乏活命之水，连它都变成火了。

《离离原上草·自序》

我把好诗当好友，一如结交知音，他们不仅有血有肉，也有活的灵魂；他们大哭大笑，真爱真恨，日日夜夜吸引我的眸子，占领我的心。

《为灵魂辩护》

评论家的话 ◈

一种已经获得了主人的地位，却未曾真正行使主人的权力，特别是他自己也未曾真正意识到他就是主人的意识，使公刘在这首诗中，把对中国农民（我们的父亲）的命运的思考推向了深入。当他对着那耳上夹着圆珠笔的近于麻木的"父亲"喊："你是主人！主人！明白吗？主人！"这声音让人心灵为之震动。诚实的诗人不会在人民的痛苦和历史的挫折面前闭上眼睛，不管是否有人据此谥之为"缺德"。这种诚实的呼喊体现了诗人与人民心声的高度和谐。

谢冕：《仙人掌的诗情》

杨 绛

学圃记闲

杨绛，原名杨季康，祖籍江苏无锡，1911年生于北京，1935年与钱锺书结婚。翻译《小癞子》《堂吉诃德》等名著。新时期以来，更以散文和小说创作引人注目，主要有散文集《干校六记》《将饮茶》和长篇小说《洗澡》等。2016年于北京逝世。

我们连里是人人尽力干活儿，尽量吃饭——也算是各尽所能、各取所需吧？当然这只是片面之谈，因为各人还领取不同等级的工资呢。我吃饭少，力气小，干的活儿很轻，而工资却又极高，可说是占尽了"社会主义优越性"的便宜，而使国家吃亏不小。我自觉受之有愧，可是谁也不认真理会我的歉意。我就安安分分在干校学种菜。

新辟一个菜园有许多工程。第一项是建造厕所。我们指望招徕过客为我们积肥，所以地点选在沿北面大道的边上。五根木棍——四角各竖一根，有一边加竖一棍开个门；编上秫秸的墙，就围成一个厕所。里面埋一口缸沤尿肥；再挖两个浅浅的坑，放几块站脚的砖，厕所就完工了。可是还欠个门帘。阿香和我商量，要编个干干净净的帘子。我们把秫秸剥去外皮，剥出光溜溜的芯子，用麻绳细细致致编成一个很漂亮的门帘；我们非常得意，挂在厕所门口，觉得这厕所也不同寻常。谁料第二天清早跑到菜地一看，门帘不知去向，积的粪肥也给过路人打扫一空。从此，我和阿香只好互充门帘。

菜园没有关栏。我们菜地的西、南和西南隅有三个菜园，都属于学部的干校。有一个菜园的厕所最讲究，粪便流入厕所以外的池子里去，厕内的坑都用砖砌成。可是他们积的肥大量被偷，据说干校的粪，肥效特高。

我们挖了一个长方形的大浅坑沤绿肥。大家分头割了许多草，沤在坑里，可是不过一顿饭的工夫，沤的青草都不翼而飞，大概是

130

给拿去喂牛了。在当地，草也是稀罕物品，干草都连根铲下充燃料。

早先下放的连，菜地上都已盖上三间、五间房了。我们仓促间只在井台西北搭了一个窝棚。竖起木架，北面筑一堵"干打垒"的泥墙，另外三面的墙用秫秸编成。棚顶也用秫秸，上盖油毡，下遮塑料布。菜园西北有个砖窑是属于学部干校的，窑下散落着许多碎砖。我们拣了两车来铺在窝棚的地上，棚里就不致太潮湿；这里面还要住人呢。窝棚朝南做了一扇结实的木门，还配上锁。菜园的班长、一位在菜园班里的诗人，还有"小牛"——三人就住在这个窝棚里，顺带看园。我们大家也有了个地方可以歇歇脚。菜畦里先后都下了种。大部分是白菜和萝卜；此外，还有青菜、韭菜、雪里蕻、莴笋、胡萝卜、香菜、蒜苗等。可是各连建造的房子——除了最早下放的几连——都聚在干校的"中心点"上，离这个菜园稍远。我们在新屋近旁又分得一块菜地，壮劳力都到那边去整地挖沟。旧菜园里的庄稼不能没人照看，就叫阿香和我留守。

我们把不包心的白菜一叶叶顺序包上，用藤缠住，居然有一部分也长成包心的白菜，只是包得不紧密。阿香能挑两桶半满的尿，我就一杯杯舀来浇灌。我们偏爱几个"象牙萝卜"或"太湖萝卜"——就是长的白萝卜。地面上露出的一寸多，足有小饭碗那么顶。我们私下说："咱们且培养尖子！"所以把班长吩咐我们撒在胡萝卜地里的草木灰，全用来肥我们的宝贝！真是宝贝！到收获的时候，我满以为泥下该有一尺多长呢，至少也该有大半截。我使足劲儿去拔，用力过猛，扑通跌坐地上，原来泥里只有几茎须须。从来没见过这么扁的"长"萝卜！有几个红萝卜还像样，一般只有鸭儿梨大小。天气渐转寒冷，蹲在畦边松土拔草，北风直灌入背心。我们回连吃晚饭，往往天都黑了。那年十二月，新屋落成，全连搬到"中心点"上去；阿香也到新菜地去干活儿。住窝棚的三人晚上还回旧菜园睡觉，白天只我一人在那儿看守。

班长派我看菜园是照顾我，因为默存的宿舍就在砖窑以北不远，只不过十多分钟的路。默存是看守工具的。我的班长常叫我去借工具。借了当然还要还。同伙都笑嘻嘻地看我兴冲冲走去走回，借了又还。默存看守工具只管登记，巡夜也和别人轮值，他的专职是通信员，每天下午到村上邮电所去领取报纸、信件、包裹等回连分发。邮电所在我们菜园的东南。默存每天沿着我们菜地东边的小溪迤逦往南又往东去。他有时绕道到菜地来看我，我们大伙儿就停工欢迎。可是他不敢耽搁时间，也不愿常来打搅。我和阿香一同留守菜园的时候，阿香会忽然推我说："瞧！瞧！谁来了！"默存从邮电所拿了邮件，正迎着我们的菜地走来。我们三人就隔着小溪叫应一下，问答几句。我一人守园的时候，发现小溪干涸，可一跃而过；默存可由我们的菜地过溪往邮电所去，不必绕道。这样，我们老夫妇就经常可在菜园相会，远胜于旧小说、戏剧里后花园私相约会的情人了。

默存后来发现，他压根儿不用跳过小溪，往南去自有石桥通往东岸。每天午后，我可以望见他一脚高、一脚低从砖窑北面跑来。有时风和日丽，我们就在窝棚南面灌水渠岸上坐一会儿晒晒太阳。有时他来晚了，站着说几句话就走。他三言两语、络络续续、想到就写的信，可以亲自摞给我。我常常锁上窝棚的木门，陪他走到溪边，再赶忙回来守在菜园里，目送他的背影渐远渐小，渐渐消失。他从邮电所回来就急要回连分发信件和报纸，不肯再过溪看我。不过我老远就能看见他迎面而来；如果忘了什么话，等他回来可隔溪

132

再说两句。

在我，这个菜园是中心点。菜园的西南有个大土墩，干校的人称为"威虎山"，和菜园西北的砖窑遥遥相对。砖窑以北不远就是默存的宿舍。"威虎山"以西远去，是干校的"中心点"——我们那连的宿舍在"中心点"东头。"威虎山"坡下是干校某连的食堂，我的午饭和晚饭都到那里去买。西邻的菜园有房子，我常去讨开水喝。南邻的窝棚里生着火炉，我也曾去讨过开水。因为我只用三块砖搭个土灶，拣些秫秸烧水；有时风大，点不着火。南去是默存每日领取报纸信件的邮电所。溪以东田野连绵，一望平畴，天边几簇绿树是附近的村落；我曾寄居的杨村还在树丛以东。我以菜园为中心的日常活动，就好比蜘蛛踞坐菜园里，围绕着四周各点吐丝结网；网里常会留住些琐细的风闻、飘忽的随感。

我每天清早吃罢早点，一人往菜园去，半路上常会碰到住窝棚的三人到"中心点"去吃早饭。我到了菜园，先从窝棚木门旁的秫秸里摸得钥匙，进门放下随身携带的饭碗之类，就锁上门，到菜地巡视。胡萝卜地在东边远处，泥硬土瘠，出产很不如人意。可是稍大的常给人拔去；拔得匆忙，往往留下一截尾巴，我挖出来庈些井水洗净，留以解渴。邻近北边大道的白菜，一旦捏来菜心已长瓷实，就给人斫去，留下一个个斫痕犹新的菜根。一次我发现三四棵长足的大白菜根已斫断，未及拿走，还端端正正站在畦里。我们只好不等白菜全部长足，抢先收割。一次我刚绕到窝棚后面，发现三个女人正在拔我们的青菜，她们站起身就跑，不料我追得快，就一面跑一面把青菜抛掷地上。她们篮子里没有赃，不怕我追上。其实，追只是我的职责；我倒但愿她们把青菜带回家去吃一顿；我拾了什么用也没有。

她们不过是偶然路过。一般出来拣野菜、拾柴草的，往往十来个人一群，都是七八岁到十二三岁的男女孩子，由一个十六七岁的大姑娘或四五十岁的老大娘带领着从村里出来。他们穿的是五颜六色的破衣裳，一手挎着个篮子，一手拿一把小刀或小铲子。每到一处，就分散为三人一伙、两人一伙，以拣野菜为名，到处游弋，见到可拣的就收在篮里。他们在树苗林里斫下树枝，并不马上就拣；拣了也并不留在篮里，只分批藏在道旁沟边，结扎成一捆一捆。午饭前或晚饭前回家的时候，这队人背上都驮着大捆柴草，篮子里也各有所获。有些大胆的小伙子竟拔了树苗，捆扎了抛在溪里，午饭或晚饭前挑着回家。

我们窝棚四周散乱的秫秸早被他们收拾干净，厕所的五根木柱逐渐偷剩两根，后来连一根都不剩了。厕所围墙的秫秸也越拔越稀，渐及窝棚的秫秸。我总要等背着大捆柴草的一队队都走远了，才敢到"威虎山"坡的食堂去买饭。

一次我们南邻的菜地上收割白菜。他们人手多，劳力强，干事又快又利索，和我们菜园班大不相同。我们班里老弱居多；我们斫呀，拔呀，搬成一堆堆过磅呀，登记呀，装上车呀，送往"中心点"的厨房呀……大家忙了一天，菜畦里还留下满地的老菜帮子。他们那边不到日落，白菜收割完毕，菜地扫得干干净净。有一位老大娘带着女儿坐在我们窝棚前面，等着拣菜帮子。那小姑娘不时地跑去看，又回来报告收割的进程。最后老大娘站起身说："去吧！"

小姑娘说："都扫净了。"

她们的话，说快了我听不大懂，只听得连说几遍"喂猪"。那老大娘愤然说："地主都让拣！"

我就问，那些干老的菜帮子拣来怎么吃。

小姑娘说："先煮一锅水，揉碎了菜叶撒下，把面糊倒下去，一搅，可好吃哩！"

我见过他们的"馍"是红棕色的，面糊也是红棕色；不知"可好吃哩"的面糊是何滋味。我们日常吃的老白菜和苦萝卜虽然没什么好滋味，"可好吃哩"的滋味却是我们应该体验而没有体验到的。

我们种的疙瘩菜没有收成；大的像桃儿，小的只有杏子大小。我收了一堆正在挑选，准备把大的送交厨房。那位老大娘在旁盯着看，问我怎么吃。我告诉她：腌也行，煮也行。我说："大的我留，小的送你。"她大喜，连说"好！大的留给你，小的给我。"可是她手下却快，尽把大的往自己篮里拣。我不和她争。只等她拣完，从她篮里拣回一堆大的，换给她两把小的。她也不抗议，很满意地回去了。我却心上抱歉，因为那堆稍大的疙瘩，我们厨房里后来也没有用。但我当时不敢随便送人，也不能开这个例。我在菜园里拔草间苗，村里的小姑娘跑来闲看。我学着她们的乡音，可以和她们攀话。我把细小的绿苗送给她们。她们就帮我拔草。她们称男人为"大男人"；十二三岁的小姑娘，已由父母之命定下终身。这小姑娘告诉我那小姑娘已有婆家；那小姑娘一面害羞抵赖，一面说这小姑娘也有婆家了。她们都不识字。我寄居的老乡家比较是富裕的，两个十岁上下的儿子不用看牛赚钱，都上学；可是他们十七八岁的姊姊却不识字。她已由父母之命、媒妁之言，和邻村一位年貌相当的解放军战士订婚。两人从未见过面。那位解放军给未婚妻写了一封信，并寄了照片。他小学程度，相貌是浑朴的庄稼人。姑娘的父母因为和我同姓，称我为"俺大姑"；他们请我代笔回信。我举笔半天，想不出一句合适的话；后来还是同屋你一句、我一句拼凑了一封信。那位解放军连姑娘的照片都没见过。

村里十五六岁的大小子，不知怎么回事，好像成天都闲来无事的，背着个大筐，见什么，拾什么。有时七八成群，把道旁不及胳膊粗的树拔下，大伙儿用树干在地上拍打，"哈！哈！哈！"粗声訇喝着围猎野兔。有一次，三四个小伙子闯到菜地里来大吵大叫，我连忙赶去，他们说菜畦里有"猫"。"猫"就是兔子。我说：这里没有猫，躲在菜叶底下的那只兔子自知藏身不住，一道光似的直蹿出去。兔子跑得快，狗追不上。可是几条狗在猎人指使下分头追赶，兔子几回转折，给三四条狗团团围住。只见它纵身一跃有六七尺高，掉下地就给狗咬住。在它纵身一跃的时候，我代它心胆俱碎。从此我听到"哈！哈！哈！"粗哑的訇喝声，再也没有好奇心去观看。

有一次，那是一九七一年一月三日，下午三点左右，忽有人来，指着菜园以外东南隅两个坟墩，问我是否干校的坟墓，随学部干校最初下去的几个拖拉机手，有一个开拖拉机过桥，翻在河里淹死了。他们问我那人是否埋在那边。我说不是；我指向遥远处，告诉了那个坟墓所在。过了一会儿，我看见几个人在胡萝卜地东边的溪岸上挖土，旁边歇着一辆大车，车上盖着苇席。啊！他们是要埋死人吧？旁边站着几个穿军装的，想是军宣队。

我远远望着，刨坑的有三四人，动作都很迅速。有人跳下坑去挖土；后来一个个都跳下坑去。忽有一人向我跑来。我以为他是要喝水；他却是要借一把铁锹，他的铁锹柄断了。我进窝棚去拿了一把给他。

当时没有一个老乡在望，只那几个人在刨坑，忙忙地，急急地。后来，下坑的人只露出脑袋和肩膀了。坑已够深。他们就从苇席下抬出一个穿蓝色制服的尸体。我心里震惊，遥看他们把那死人埋了。

借铁锹的人来还我工具的时候，我问他死者是男是女，什么病死的。他告诉我，他们是某连，死者是自杀的，三十三岁，男。

冬天日短，他们拉着空车回去的时候，已经暮色苍茫。荒凉的连片菜地里杳无一人。我慢慢儿跑到埋人的地方，只看见添了一个扁扁的土馒头。谁也不会注意到溪岸上多了这么一个新坟。

第二天我告诉了默存，叫他留心别踩那新坟，因为里面没有棺材，泥下就是身体。他从邮电所回来，那儿消息却多，不但知道死者的姓名，还知道死者有妻有子；那天有好几件行李寄回死者的家乡。

不久后下了一场大雪。我只愁雪后地塌坟裂，尸体给野狗拖出来。地果然塌下些，坟却没有裂开。

整个冬天，我一人独守菜园。早上太阳刚出，东边半天云彩绚烂。远远近近的村子里，一批批老老少少的村里人，穿着五颜六色的破衣服成群结队出来，到我们菜园邻近分散成两人一伙、三人一伙，消失各处。等夕阳西下，他们或先或后，又成群负载而归。我买了晚饭回菜园，常站在窝棚门口慢慢地吃。晚霞渐渐暗淡，暮霭沉沉，野旷天低，菜地一片昏暗，远近不见一人，也不见一点灯光。我退入窝棚，只听得秫秸里不知多少老鼠在跳踉作耍，枯叶窸窸窣窣地响。我舀些井水洗净碗匙，就锁上门回宿舍。

人人都忙着干活儿，唯我独闲；闲得惭愧，也闲得无可奈何。我虽然没有十八般武艺，也大有鲁智深在五台山禅院做和尚之概。

我住在老乡家的时候，和同屋伙伴们不在一处劳动，晚上不便和她们结队一起回村。我独往独来，倒也自由灵便。而且我喜欢走黑路。打了手电，只能照见四周一小圈地，不知身在何处；走黑路倒能把四周都分辨清楚。我顺着荒墩乱石间一条蜿蜒小径，独自回村；近村能看到树丛里闪出灯光。但有灯光处，只有我一个床位，只有帐子里狭小的一席地—— 一个孤寂的归宿，不是我的家，因此我常记起曾见一幅画里，一个老者背负行囊，拄着拐杖，由山坡下一条小路一步步走入自己的坟墓；自己仿佛也是如此。

过了年，清明那天，学部的干校迁往明港。动身前，我们菜园班全伙都回到旧菜园来，拆除所有的建筑。可拔的拔了，可拆的拆了。拖拉机又来耕地一遍。临走我和默存偷空同往菜园看一眼，聊当告别。只见窝棚没了，井台没了，灌水渠没了，菜畦没了，连那个扁扁的土馒头也不知去向，只剩了满布坷垃的一片白地。

选自《干校六记》

三联书店 1986 年版

作家的话 ◈

我爱读东坡"万人如海一身藏"之句，也企慕庄子所谓"陆沉"。

……苏东坡说："山间之明月，水上之清风"是"造物者之无尽藏"，可以随意享用。但造物所藏之外，还有世人所创的东西呢。世态人情，比明月清风更有滋味；可作书读，可当戏看。书上的描摹，戏里的扮演，即使栩栩如生，究竟只是文艺作品；人情世态，都是天真自然的流露，往往超出情理之外，新奇得令人震惊，令人骇怪，给人以更深刻的教益，更奇妙的娱乐。唯有身处卑微的人，最有机缘看到世态人情的真相，而不是面对观众的艺术表演。

《隐身衣》

评论家的话 ◈

　　学部在干校的一个重要任务是搞运动，清查"五·一六分子"。干校两年多的生活是在这个批判斗争的气氛中度过的；按照农活、造房、搬家等需要，搞运动的节奏一会子加紧，一会子放松，但仿佛间歇症，疾病始终缠住身体。"记劳"，"记闲"，记这，记那，那不过是这个大背景的小点缀，大故事的小穿插。

钱锺书：《干校六记·小引》

　　杨绛的自叙体散文《干校六记》，尤能表明作者已近"正法眼藏"的境地。这部作品的最令人玩味之处，就在一个"藏"字。……这给读者的想象留下了极大的空白。然而东方美学传统历来是计白当黑的。故这空白之下正含藏着浓黑的悲凉。

　　杨绛先生对世界上一切事不仅能"眼藏"，而且还能"心藏"。她消解痛苦之道也是典型的东方模式。

胡河清：《杨绛论》

流沙河
就是那一只蟋蟀

流沙河，原名余勋坦。1931 年生于四川金堂，1948 年在成都读中学时开始发表诗文。1950 年任《川西日报》编辑。1952 年调任四川省文联创作员。1957 年因散文组诗《草木篇》罹祸，被划为右派。20 世纪 70 年代末任复刊的《星星》诗刊编辑。写于逆境或追述逆境的《故园九咏》等，寄沉痛于温厚，读来有剜心之痛。咏物、记游短章，诗思清雅超逸，传统文化趣味醇厚。语言以经过提炼的古汉语和清净的口语相糅合。著有诗集《流沙河诗集》《游踪》《故园别》等，诗论和台湾现代诗研究《台湾诗人十二家》《隔海说诗》《写诗十二课》《十二象》及自传《锯齿啮痕录》等。晚年致力于古代经典的读解和随笔写作，《庄子现代版》《流沙河随笔》等著述，于随意自然中掘隐发微，宽厚中见机智，博学而风雅。2019 年病逝于成都。

台湾诗人 Y 先生说："在海外，夜间听到蟋蟀叫，就会以为那是在四川乡下听到的那一只。"

就是那一只蟋蟀

钢翅响拍着金风

一跳跳过了海峡

从台北上空悄悄降落

落在你的院子里

夜夜唱歌

就是那一只蟋蟀

在《豳风·七月》里唱过

在《唐风·蟋蟀》里唱过

在《古诗十九首》里唱过

在花木兰的织机旁唱过

在姜夔的词里唱过

劳人听过

思妇听过

就是那一只蟋蟀

在荒山的驿道边唱过

在长城的烽台上唱过

在旅馆的天井中唱过

在战场的野草间唱过

孤客听过

伤兵听过

就是那一只蟋蟀

在你的记忆里唱过

在我的记忆里唱过

唱童年的惊喜

唱中年的寂寞

想起刻竹做笼

想起呼灯篱落

想起月饼

想起团圆

想起满腹珍珠的石榴果

想起庭院飞黄叶

想起池塘剩残荷

想起雁南飞

想起田畴一堆堆的草垛

想起母亲唤我们回去加衣裳

想起岁月偷偷流去许多许多

就是那一只蟋蟀

在海峡那边唱歌

在海峡这边唱歌

在台北的巷子里唱歌

在四川的乡村里唱歌

在每个中国人足迹所到之处

处处唱歌

比最单调的乐曲更单调

比最和谐的音响更和谐

凝成水

是露珠

燃成光

是萤火

变成鸟

是鹧鸪

啼叫在乡愁者的心窝

就是那一只蟋蟀

在你的窗外唱歌

在我的窗外唱歌

你在倾听

你在想念

我在倾听

我在吟哦

你该猜到我在吟些什么

我会猜到你在想些什么

中国人有中国人的心态

中国人有中国人的耳朵

一九八二年七月于成都

原载《长江文艺》1982年第11期

作家的话 ◇

故国故乡故园，人之所恋，古今一样，中外相同。翻翻唐诗宋词，游子抒写乡愁之作，多得叫人吃惊。现代中国人，粗具文化的，差不多都念过或听别人念过李白的"举头望明月，低头思故乡"。20世纪30年代的和40年代的学生，恐怕都唱过或听别人唱过这支歌吧："念故乡，念故乡，故乡真可爱。天甚凉，风甚凉，乡愁阵阵来。故乡人，今何如，念念常不忘。在他乡，一孤客，寂寞又凄凉……"只是这支歌的曲调是从捷克音乐家德沃夏克的《新世界交响曲》里挪来的，这点未必唱的人都知道。至于40年代的那些不愿做亡国奴的流亡学生，几乎没有一个不会唱《流亡三部曲》的。"我的家在东北松花江上……"台上一唱，台下都哭，感人至深。这支歌余光中肯定会唱。他还会唱《长城谣》："万里长城万里长，长城外面是故乡……"因为他在一首诗里提到过这支歌。髫年的唱，没齿难忘。那些遥远了的记忆不可能同他的这首《乡愁》无关。厚积薄发，一首小诗里涵藏着多少年的感受啊！……人到中年以后，阅历既多，五味尝遍，渐渐地看透了人性的诗般畸形怪相，于是不再好奇；渐渐地懂得了事业的艰难，于是雄心消泯。他的头脑里憧憬日少而回忆日多，愈来愈像反刍动物，常常咀嚼肚子里的旧闻往事，竟有回甜之感，于是"鸟倦飞而知还"，有了落叶归根的愿望。白天忙着，不太觉得，到了夜间，故国故乡故园便频频地来入梦了。早晨醒来，梦去无痕，依然人在台北市厦门街的小巷中的一座古老的院子里。乡愁难遣，翻翻中国地图，神游太湖，溯江而上，直抵重庆市江北县悦来场，又沿江而下，看那"蒋山青，秦淮碧"的南京城，想起昔年那里有许多美丽的表妹……最可恼的是那一湾海峡，二指宽罢了，浅浅的一层海水比纸更薄，就是涉不过去。这时候乡愁的内容再一变，变成了那可恼的海峡。《乡愁》的灵感也许是这样来的吧？

《隔海说诗·溶哀愁于物象》

推荐者的话 ◈

台湾诗人余光中说："在海外，夜间听到蟋蟀叫，就会以为那是在四川乡下听到的那一只。"四川诗人流沙河闻言感慨，作诗奉和：不错，在海峡那边和在海峡这边歌唱的就是同一只蟋蟀，就是从《诗经》《古诗十九首》、木兰诗和姜夔词里唱过，一直唱到现在，并能让你我一起回忆起童年情景的那只蟋蟀。蟋蟀作为一种暗喻，因切中一种绵延不绝的民族深层心理而感人至深。

李振声

路　遥

抉择（《人生》节选）

　　路遥，1949 年生于陕西清涧县一农家，因家贫，七岁时被过继到延川县的伯父家。1966 年初中毕业后回乡务农，1973 年入延安大学中文系学习，1976 年大学毕业后入陕西省文艺创作室，后转至《延安》文学月刊任编辑。1982 年起为中国作协陕西分会专业作家。1992 年病逝于西安。影响较大的作品有：中篇小说《人生》，长篇小说《平凡的世界》（三卷本）及随笔《早晨从中午开始》等。本书节选自《人生》的第十八、十九、二十三章，题目由编者所加。

高加林预感到的暴风雨终于来到了。内心激烈的斗争是不可避免的。他虽然只有二十四岁，但已不是一个马马虎虎的人；而且往往比他同龄的青年人思想感情要更为复杂。

他在进行一场非常严重的抉择。

毫无疑问，黄亚萍和刘巧珍放在一起比较，不平衡是显而易见的——在他最初的考虑中，倾向就有了偏重。

他当然想和黄亚萍结合在一起。他现在觉得黄亚萍和他各方面都合适。她有文化，聪明，家庭条件也好，又是一个漂亮的南方姑娘。在她身上弥漫着一种对他来说是非常神秘的魅力。像巧珍这样的本地姑娘，尤其是农村姑娘，他非常熟悉，一眼就能看到底。他认为她们是单纯的，也往往是单调的。

但是，对黄亚萍他又了解又不了解。虽然一块儿交往很多，但她好像还有无数更多的东西他不知道。家庭出身和经济条件的差别；不同的生活环境和个人经历，使他们天然地隔了一层什么。这反而更增加了他对她的神秘感。他觉得她云雾缭绕，他不能走近她。中学时期的交往像雨后蓝天上美丽的彩虹一般，很快就消失了，变成了一种记忆中的印象。这印象以前也偶然从心头翻上来，叫他若有所失地惆怅一阵；但接着也就很快消失得无踪无影……

现在，这些过去曾幻想过的游丝断缕，突然就变成了一种实实在在的东西。黄亚萍已经向他表示了爱情。只要他现在愿意，他就将和她一块儿生活喽！生活啊，生活！有时候它把现实变成了梦想，有时候它又把梦想变成了现实！

　　但他不能不认真考虑他和巧珍的关系。他和她已经热烈地相爱了一段时间。巧珍爱他，不比克南爱亚萍差。所不同的是，亚萍说对克南没有感情，而他在内心深处是爱巧珍的。巧珍的美丽和善良，多情和温柔，无私的、全身心的爱，曾最初唤醒了他潜伏的青春萌动；点燃起了他身上的爱情火焰。这一切，他在内心里是很感激她的——因为有了她，他前一段尽管有其他苦恼，但在感情生活上却是多么富有啊⋯⋯

　　现在，当黄亚萍向他表示了爱情，并准备让他跟她去南京工作的时候，他才把爱情和他的前途联系在一起看了。他想，巧珍将来除了是个优秀的农村家庭妇女，再也没有什么发展了。如果他一辈子当农民，他和巧珍结合也就心满意足了。可是现在他已经是"公家人"，将来要和巧珍结婚，很少有共同生活；而且也很难再有共同语言：他考虑的是写文章，巧珍还是只能说些农村里婆婆妈妈的事。上次她来看他，他已经明显地感到了苦恼。再说，他要是和巧珍结婚了，他实际上也就被拴在这个县城了；而他的向往又很高很远。一到县城工作以后，他就想将来决不能在这里待一辈子；要远走高飞，到大地方去发展自己的前途⋯⋯现在，这一切就等他说个"愿意"就行了！

　　他反复考虑，觉得他不能为了巧珍的爱情，而贻误了自己生活道路上这个重要的转折——这也许是决定自己整个一生命运的转折！不仅如此，单就从找爱人的角度来看，亚萍也可能比巧珍理想得多！他虽然还没和亚萍像巧珍那样恋爱过，但他感到肯定要更好，更丰富，更有色彩！

他权衡了一切以后，已决定要和巧珍断绝关系，跟亚萍远走高飞了！

当然，他的良心非常不安——他还不是一个十恶不赦的坏蛋！克南方面他考虑得很少，主要在巧珍方面。他像一个疯子一样在自己的窑里转圈圈走；用拳头捣办公桌；把头往墙壁上碰……

后来，他强迫自己不朝这方面想。他在心里自我嘲弄地说："你是一个混蛋！你已经不要良心了，还想良心干什么……"

他尽量使他的心变得铁硬，并且咬牙切齿地警告自己：不要反顾！不要软弱！为了远大的前途，必须做出牺牲！有时对自己也要残酷一些！

现在，这个已经"铁了心"的人，开始考虑他和巧珍断绝关系的方式。他预想这是一个撕心裂肝的场面，就想用一种很简短的方式向过去告别。使他苦恼的是，巧珍一个字也不识，要不，给她写一封信是最好的断交方式了；这样可以避免双方面对面的痛苦。

他于是一整天躺在床上，考虑他怎样和巧珍断绝关系。

黄亚萍不失时机地来了，问他考虑得怎样？

他犹豫了好一会儿，才把他和巧珍的关系，大略地给亚萍说了一下。

黄亚萍听后，先是半天没说话。后来，她带着一脸的惊讶，说："你原来在农村想和一个不识字的农村女人结婚？"

"嗯。"加林肯定地点点头。

"这简直是一种自我毁灭！你一个有文化的高中生，又有满身的才能，怎么能和一个不识字的农村女人结婚？我真不理解你当时是怎样想的！"

"住嘴！"加林一下子愤怒地从床上跳起来，"我那时黄尘满面，大老百姓一个，你们哪个城里的小姐来爱我？"

亚萍一下子被他的愤怒吓住了，半天才说："你这么凶！克南可从来都没对我发这么大的火！"

"你找你的克南去！"加林一下子躺在铺盖上，闭住了眼睛。一种新的烦恼涌上了心头。他心里也想："哼！巧珍从来也不这样对我说话……"

没过一会儿，亚萍来到他床边，手轻轻在他肩膀上推了一把。

高加林睁开眼，看见她眼里闪着泪光。

他仍在生气，不理她。

亚萍声音有点激动地说："加林！你千万别生气！你给我发火，我心里绝不生气，反而很高兴！你不知道，张克南你就是把刀放在他脖颈上都发不起来火！有时，我真想叫这个人愤怒了，美美给我发一通火，把我骂一通，可你怎样骂他，挖苦他，他总是对你笑嘻嘻的，气得人只能流泪。我就喜欢你这种性格！男子汉，大丈夫，血气方刚……"

高加林暂时还不能知道，她这话倒究是真的还是为了与他和好而编的。但他看见亚萍两道弯弯的细眉下，一双眼睛泪汪汪的，心便软了，说："我这人脾气不好……以后在一块儿生活，你可能要受不了的。"

"加林！"亚萍一把抓住他的肩头，问："那你是说，你愿意和我一块儿生活了？"

他恍惚地对她点了点头。

亚萍顺床边坐下，和他挨在一起。加林很快把自己的身子往开挪了挪。不知为什么，他此刻一下子又想起了巧珍。他觉得他这一刻无法接受黄亚萍这种表示感情的方式。

高加林沉默了一会儿，对亚萍说："我得要和巧珍把这事谈清楚……不瞒你说，我心里很不好受……请你原谅，我不愿对你说假话。"

"是的，你应该很快结束你们的不幸！"

"也可能是不幸的结束！"他像宿命论者一样回答她。

"我和克南好办，我给他写一封信就行了。在感情上我没有什么特别痛苦的，只不过同情和可怜他罢了。他倒是真心实意爱我……"

"克南是会很痛苦的……"加林叹了一口气。

"克南我先不考虑，我现在主要考虑我父母亲。他们一心喜欢克南；而且又都是老干部，道德观念完全是过去的……"

"你父亲肯定不会接受我！他们要门当户对的！我一个老百姓的儿子，会辱没他们的尊严！"加林又突然暴躁地喊着说。

亚萍用极温柔的音调说："你看你，又发脾气了。其实，我父母倒不一定是那样的人，关键是他们认为我已经和克南时间长了，全城都知道，两家的关系又很深了，怕……"

"那就算了。"加林打断她的话。

黄亚萍一下子哭了，站起来说："加林！你别这样发脾气行不行？我的事由我做主哩！我父母最后一定会尊重我的选择……现在我唯一要知道的是，你爱不爱我！是不是要和我好！"她说着，坚决地挨着他的身边坐下来了……

黄亚萍回到家里，按时作息的父母亲早已在他们的房间里睡着了。

她进了自己的房子，扭开灯，先坐在桌前的椅子上，什么也不做，静静地坐着——她的心在欢蹦乱跳！

她即刻又站起来，在镜子前立了一会儿。她看见自己在笑。

她又躺在床上：躺下后又马上坐起来。

她不知自己做什么好，思绪像浪花飞溅的流水一般活跃。先是一连串往事的片断从眼前映过；接着是刚才所发生的从头到尾的一切细节，然后又是未来各式各样幻想的镜头……

直到她洗完脸，脑子才稍微冷静了一下。

晚上肯定又要失眠。失眠就失眠吧！反正明早上她不值班，另外一个人广播，她可以在家睡觉——至于明天上午能不能睡着，她也没有把握。

那么，现在该做什么呢？给克南写信？还是给父母亲"发表声明"？

父母亲已经睡着了。那么，就先给克南写信！

她刚拿出信纸、信封和钢笔，马上又改变了主意：不！还是先给父母亲谈！这是最主要的！让他们早一点知道更好！

于是她开了自己的门，出了院子。

这个睡不着觉的人也决心不让她父母亲睡了。

她敲了敲父母亲的门，叫道："爸爸，妈妈，你们起来，过我这边来一下！我有个要紧事要给你们说！"

里面的灯开了，听见一阵紧张的唏嘘声。站在外面的任性的女儿这时候抿嘴直笑，回到了自己的房子里。

她母亲先过来了。接着父亲一边穿外套，一边也跌跌撞撞进了她的房间。两个人都先后紧张地问她：出了什么事？

黄亚萍看见父母亲都这么紧张，先忍不住笑了，然后又严肃起来，说："你们别紧张。这事并不很急，但有些震动性！"

父亲瞪起眼看着她，还没反应过来他的这个任性的小宝贝，为什么黑天半夜把他老两口叫起来。

她母亲揉了揉眼睛，也着急地对她说："哎呀，好萍萍！有什么事你就快说！你把人急死了！"

黄亚萍想了一下，说："事情很复杂，但今晚上我先大概说一下。详细情况将来我不说，你们也会追问的……是这样，我已经和另外一个男同志好了，并且已经在恋爱；因此，我要和克南断绝关系……"

"什么？什么？什么？……"

她父母亲都从坐的地方站起来，惊慌失措地看着他们的女儿。

"对我来说，这已经不能改变了。我知道你们对克南很爱，但我并不喜欢他……"

一阵长时间的沉默。

她父亲半天才清醒过来，困难地咽了一口唾液，悲哀地说："克南当初还不是你引回来的？这已经两年多了，全城人都知道！我和老张，你妈和克南妈，这关系……天啊，你这个任性的东西！我和你妈把你惯坏了，现在你这样叫我们伤心……"老汉捶胸顿足，两片厚嘴唇像蜜蜂翅膀似的颤动着。

她母亲已伏在她的床上哭开了。

她父亲尽管爱她胜过爱自己，但看来今晚实在气坏了，猛烈地发起了火："你这是典型的资产阶级思想！你们现在这些青年真叫人痛心啊！垮掉的一代！无法无天的一代！革命要在你们手里葬送呀！……"老汉感情过于冲动，什么过分话都往外倒！

黄亚萍一下伏在桌子上哭起来。她父亲从来都没有这样骂过她；她一下子忍受不了。

母亲见女儿哭了，也哭着，过来数说起了丈夫："就是萍萍不对，你也不能这样吼喊我的女儿……"

"都是你惯坏的！"老军人咆哮着说。

"你没惯?"亚萍她妈也喊叫起来。

亚萍她爸一拧身出去了。出去后，他也没回房子去，站在院子里，掏出一根纸烟，在烟盒上敲得嘣嘣直响，也不点。

亚萍站起来，两只手硬把她母亲推出房子，然后关上了门。

她过去拿毛巾把脸上的泪水揩干净，然后坐到桌子前，开始给克南写信——

克南：

　　为了我们都好，我必须告诉你：我已经和加林相爱了，咱们的恋爱关系现在应该断绝；以后像过去一样，还是要好的同学和同志。

　　我知道你会很痛苦的。但你应该想想，为一个不爱你的女人而痛苦，是不值得的。你应该寻找真正爱你的人。我相信你会找到这样的人。我愿你得到幸福。

　　你自己应该知道，我在学校时就和加林感情好。现在我觉得我真正爱的人是他，而不是你。过去咱们两个之所以发展了关系，完全是因为你适时地关怀了我，使我受了感动。但这并不是爱情。

你是好人，也是一个出色的人。不要因为我影响你的发展。你也不要恨加林。如果你认为你受了伤害，这完全是我一个人造成的；是我追求加林，你恨我吧！

我在内心里永远感谢你。我还要告诉你：在我爱情以外所有友爱的朋友中，你是我的第一个朋友。如果你能原谅我，那么我请求你为我祝福。

亚萍写于匆忙中

高加林把自行车放到路边，然后伏在大马河的桥栏杆上，低头看着大马河的流水绕过曲曲折折的河道，穿过桥下，汇入到县河里去了。

他在这里等着巧珍。他昨天让回村的三星捎话给巧珍，让她今天到县城来一下，他决定今天要把他和巧珍的关系解脱。他既不愿意回高家村完结这件事，也不愿意在机关。他估计巧珍会痛不欲生，当场闹得他下不了台。

前天，老景让他过两天到刘家湾公社去，采访一下秋田管理方面的经验，他就突然决定把这件事放在大马河桥头了。因为去刘家湾公社的路，正好过了大马河桥，向另外一条川道拐过去。在这里谈完，两个人就能很快各走各的路，谁也看不见谁了……

高加林伏在桥栏杆上，反复考虑他怎样给巧珍说这件事。开头的话就想了许多种，但又觉得都不行。他索性觉得还是直截了当一点更好。弯拐来拐去，归根结蒂说的还不就是要和她分手吗？

在他这样想的时候，听见背后突然有人喊："加林哥……"

一声喊叫，像尖刀在他心上捅了一下！

他转过身，见巧珍推着车子，已经站在他面前了．她来得真快！是的，对于他要求的事，她总是尽量做得让他满意。

"加林哥，没出什么事吧？昨天我听三星捎话说，你让我来一下，我晚上急得睡不着觉，又去问三星是不是你病了，他说不是……"她把自行车紧靠加林的车子放好，一边说着，向他走过来，和他一起伏在了桥栏杆上。

高加林看见她今天穿了一身新衣服，浑身上下都打扮得漂漂亮亮的，登时感到有点心酸。

他怕他的意志被感情重新瓦解，赶快进入了话题："巧珍……"

"唔。"她抬头看见他满脸愁云，心疼地问："你怎了？"

加林把头转向一边，说："我想对你说一件事，但很难开口……"

巧珍亲切地看着他，疼爱地说："加林哥，你说吧！既然你心里有话，你就给我说，千万别憋在心里！"

"说出来怕你要哭。"

巧珍一愣。但是还是说："你说吧，我……不哭！"

"巧珍……"

"唔……"

"我可能要调到几千里路以外的一个地方去工作了，咱们……"

巧珍一下子把手指头塞在嘴里，痛苦地咬着。过了一会儿，才说："那你………去吧。"

"你怎办呀？"

"……"

"我主要考虑这事……"

一阵长时间的沉默。两串泪珠静静地从巧珍的脸颊上淌下来了。她的两只手痉挛地抓着桥栏杆，哽咽着说："……加林哥，你再别说了！你的意思我都明白了！你……去吧！我决不会连累你！加林哥，你参加工作后，我就想过不知多少次了，我尽管爱你爱得要命，但知道我配不上你了。我一个字不识，给你帮不上忙，还要拖累你的工作……你走你的，到外面找个更好的对象……到外面你多操心，人生地疏，不像咱本乡田地……加林哥，你不知道，我是怎样爱你……"

巧珍说不下去了，掏出手绢一下子塞在了自己的嘴里！

高加林眼里也涌满了泪水。他不看巧珍，说："你……哭了……"

巧珍摇摇头，泪水在脸上刷刷地淌着，一串接一串掉在了桥下的大马河里。清朗朗的大马河，流过桥洞，流进了夏日浑黄的县河里……

沉默……沉默……整个世界都好像沉默了……

巧珍迅疾地转过身，说："加林哥……我走了！"

他想拦住她，但又没拦。他的头在巧珍的面前，在整个世界面前，深深地低下了。

她摇摇晃晃走过去，困难地骑上了她的自行车，然后就头也不回地向大马河川飞跑而去了。等加林抬起头的时候，眼前只剩下了满川绿色的庄稼和一条空荡荡的黄土路……

高加林也猛地骑上了他的车子，转到通往刘家湾公社的公路上。他疯狂地蹬着脚踏，耳边风声呼呼直响，眼前的公路变成了一条模模糊糊的、飘曳摆动的黄带子……

他骑到一个四处不见人的地方，把自行车猛地拐进了公路边的一个小沟里。

他把车子摔在地上，身子一下伏在一块草地上，双手蒙面，像孩子一样大声号啕起来，这一刻，他对自己仇恨而且憎恶！

一个钟头以后，他在沟里一个水池边洗了洗脸，才推着车子又上了公路。

现在他感觉到自己稍微轻松了一些。眼前，阳光下的青山绿水，一片鲜明；天蓝得像水洗过一般，没有一丝云彩。一只鹰在头顶上盘旋了一会儿，便像箭似的飞向了遥远的天边……

五天以后，高加林从刘家湾公社返回县城，就和黄亚萍开始了他们新的恋爱生活。

他们恋爱的方式完全是"现代"的。

他们穿着游泳衣，一到中午就去城外的水潭里游泳。游完泳，戴着墨镜躺在河边的沙滩上晒太阳。傍晚，他们就到东岗消磨时间；一块儿天上地下地说东道西；或者一首连一首地唱歌。

黄亚萍按自己的审美观点，很快把高加林重新打扮了一番：咖啡色大翻领外套，天蓝色料子直筒裤，米黄色风雨衣。她自己也重新烫了头发，用一根红丝带子一扎，显得非常浪漫。浑身上下全部是上海出的时兴成衣。

有时候，他们从野外玩回来，两个人骑一辆自行车，像故意让人注目似的，黄亚萍带着高加林，扬扬得意地通过了县城的街道……

他们的确太引人注目了。全城都在议论他们，许多人骂他们是"业余华侨"。

但是他们根本不理睬社会的舆论，疯狂地陶醉在他们罗曼蒂克的热恋中。

高加林起先并不愿意这样。但黄亚萍说，他们不久就要离开这个县城了，别人愿怎样看他们，何必理睬呢？她要高加林更洒脱一些，将来到大城市好很快适应那里的生活。高加林就抱着一种"实习"的态度，任随黄亚萍折腾。

他的情绪当然是很兴奋的，因为黄亚萍把他带到了另一个生活的天地。他感到新奇而激动，就像他十四岁那年第一次坐汽车一样。

他当然也有不满意和烦恼。他和亚萍深入接触，才感到她太任性了。他和她在一起，不像他和巧珍，一切都由着他，她是绝对服从他的。但黄亚萍不是这样。她大部分是按她的意志支配他，要他服从她。

有时正当他们都愉快至极的时候，他就猛然会想起巧珍来，心顿时像刀绞一般疼痛，情绪一下子就从沸点降到了冰点，把个兴致勃勃的黄亚萍弄得败兴极了。亚萍一时又猜不透他为什么情绪会这么失常，感到很苦恼。于是，她为了改变他这状况，有时又想法子瞎折腾，使得高加林失常的现象频频加剧，这反过来又更加剧了她的苦恼。他们有时候简直是一种苦恋！

有一天上午，雨下得很大，县宣传部正开全体会议。隔壁电话室喊高加林接电话。

加林拿起话筒一听，是亚萍的声音。她告诉他，她的一把进口的削苹果刀子，丢在昨天他们玩的地方了，让高加林赶快到那地方给她找一找。

加林在电话上告诉她，他现在正开会，而且雨又这么大，等中午休息的时候他再去。

亚萍立刻在电话上撒起了娇，说他连这么个事都如此冷淡她，她很难受；并且还在电话里抽抽搭搭起来。

高加林烦恼极了，只好到会议室给主持会的部长撒了个谎，说一个熟人在街上让他下来有个急事，他得出去一下。

部长同意后，他就回到宿舍找了那件风雨衣，骑上个车子就跑。

还没到街上，风雨衣就全湿透了。他冒着大雨，赶到县城南边他们曾待过的那个小洼地里。他下了车，在这地方搜寻那把刀子。

找了半天，他几乎把每一棵草都翻拨过了，还是没有找到。

虽然没有找见，这件事他想已经尽了责任，就浑身透湿骑着车子向广播站跑去，告诉她刀子没找见。

他推开亚萍的门，见她正兴奋地笑着，说："你去了？"

加林说："去了。没找见。"

亚萍突然咯咯地笑了，从衣袋里掏出了那把刀子。

"找见了？"加林问。

"原来就没丢！我故意和你开个玩笑，看你对我的话能听到什么程度！你别生气，我是即兴地浪漫一下……"

"混蛋！陈词滥调！"高加林愤怒地骂着，嘴唇直哆嗦。他很快转过身就走了。

黄亚萍这下才知道她的恶作剧太过分了，吓得不知如何是好，一个人在房子里哭了起来。

高加林回到办公室，换了湿衣裳，痛苦地躺在了床铺上。这时候，巧珍的身影又出现在他的眼前；她那美丽善良的脸庞，温柔而甜蜜地对他微笑着。他忍不住把头埋在枕头里哭了，嘴里喃喃地一遍又一遍叫着她的名字……

第二天，黄亚萍买了许多罐头和其他吃的来找他，也是哭着给他道歉，保证以后再不让他生气了。

加林看她这样，也就和她又和好了。黄亚萍就像烈性酒一样，使他头疼，又能使他陶醉。不过，她对他的所有这些疯狂，也都是出于爱他——这点他是能强烈体验到的。在物质方面，她对他更是非常豁达的。她的工资几乎全花在了他身上；给他买了春夏秋冬各式各样的时兴服装，还托人在北京买了一双三接头皮鞋（他还没敢穿）。平时，罐头、糕点、高级牛奶糖、咖啡、可可粉、麦乳精，不断头地给他送来——这些东西连县委书记恐怕也不常吃。她还把自己进口带日历全自动手表给了他；她自己却戴他的上海牌表。这些方面，亚萍是完全可以做出牺牲的……

很快，他们就又进入了那种罗曼蒂克式的热恋之中。

正在高加林和黄亚萍这样"浪漫"的时候，他父亲和德顺老汉有一天突然来到他的住处。

两位老人一进他的寝室，脸色就都不好看。

高加林把奶糖、水果、糕点给他们摆下一桌子；又冲了两杯很浓的白糖水放在他们面前。

他们谁也不吃不喝。

高加林知道他们要说什么了，就很恭敬地坐在他们面前，低下头，两只手轮流在脸上摸着，以调节他的不安的心情。

"你把良心卖了！加林啊……"德顺老汉先开口说。"巧珍那么个好娃娃，你把人家撂在了半路上！你作孽哩！加林啊，我从小亲你，看着你长大的，我掏出心给你说句实话吧！归根结底，你是咱土里长出来的一棵苗，你的根应该扎在咱的土里啊！你现在是个豆芽菜！根上一点土也没有了，轻飘飘的，不知你上天呀还是入地呀！你……我什么话都敢对你说哩！你苦了巧珍，到头来也把你自己害了……"老汉说不下去了，闭住眼，一口一口长送气。

……

在高三星把加林的铺盖行李捎回村的当天晚上，高家村的大部分人都知道了这件事。全村人都很感慨，谁也没有想到小伙子竟然落了这么个下场！

玉德老两口倒平静地接受了三星捎回来的铺盖卷，也平静地接受了儿子的这个命运。他们一辈子不相信别的，只相信命运；他们认为人在命运面前是没什么可说的。

对这事感到满意的是刘立本。他也认为这是老天爷终于睁了眼，给了高加林应得的报应。他当晚就很有兴致地跑到明楼家，向三星打问这件事的根根梢梢。

但他亲家却没有显出多少兴致来。听了这事，明楼反而显得心情很沉重。这倒不是说他同情高加林，而是他从这件事里敏感地意识到，社会对他们这种人的威胁越来越大了！就连占胜这样的精能人都说垮就垮了台，他一个不识字的农村干部又有多少能耐呢？谁知道什么时候，说不定也会清算到他的头上！另外，他的老心病也马上犯了。他认为高加林不管怎样，都已经在心里恨上了他，往后他们又要同在一个村里闹世事，这小伙子将是他最头疼的一个人。从这一点上说，明楼不愿让高加林回来，宁愿他在外面飞黄腾达去！

就在当晚村里各种人对高加林回村进行各种议论的时候，刘立本的老婆和她的大女儿巧英，却正在立本家一孔闲窑里策划一件妇道人家的伎俩……

第二天一打早，立本的大女儿巧英提了个筐子，出了村，来到大马河湾的分路口附近打猪草。这地方并没有多少猪能吃的东西，巧英弄了半天还没把筐底子铺满。

巧英实际上并不是来打猪草的！她要在这里进行她和她妈昨天晚上谋划过的那件事。两个糊涂的女人，为了出气，决定由巧英在今天把回村的高加林堵在这里，狠狠地奚落他一通！因为今天上午村里的男男女女都在这附近的地里劳动，因此在今天这个地方闹一下最合适。到时候，四野里的人就都会过来看热闹；而且很快就会在马河上下川道传得刮风下雨！把他高加林小子的名誉弄得臭臭的！叫他再能！

这件事昨天晚上母女俩谋划时，被巧玲在门外听见了。有文化的高中生进去劝母亲和姐姐千万不要这样；说到时候人家不会笑话高加林，而丢人的反倒会是她们！但两个不识字的妇道人家却把她臭骂了一通，弄得巧玲当晚上跑到学校另一个女老师那里睡觉去了。

巧英已经有了一个孩子，不像做姑娘时那般漂亮了，但仍然容貌出众。每逢跟集上会，竟然还有一些远地的陌生小伙子以为她是个姑娘，就倾心地向她求爱；她立刻就用农村妇女最难听的粗话把这些人骂得狗血喷头。和两个妹子不大一样，她从里到外把父母亲的一切都全盘继承了，有时心胸狭窄，精明得有点糊涂；但心地倒也善良，还有一股泼辣劲儿。眼下这行为纯粹是一肚子气鼓起来的。

现在她一边心不在焉地打猪草，一边留心望着前川道的公路，心里盘算她怎样给高加林制造这场难看。她一直脸色阴沉，噘着个嘴，早已经像演员一样进入了角色。

她突然听见背后传来一阵慌乱的脚步声。回过头一看，竟然是大妹子巧珍！

这真的是巧珍。她穿着一件朴素的印花布衫和一条蓝布裤，脚上是她自己做的布鞋；头发也留成了农村那种普通的"短帽盖"。她一切方面都变成一个农村少妇了，但看起来似乎倒比原来更惹亲、更漂亮。对于本来就美的人，衣着的质朴更能给人增加美感。巧珍的脸上既没有通常新婚妇女那种特别的幸福光彩，但也看不出不久前那场不幸给她留下的阴影。

"你到这儿干啥来了？"巧英问妹子。

"姐姐，快回！你千万不能这样！人家笑话呀！"巧珍扯住巧英的袖口说。

"什么事笑话我哩？"巧英愚蠢地装出一副惊讶的样子。

"好姐姐哩！巧玲昨晚上跑到我那里，把什么事都给我说了。我昨晚上急得一夜没睡着。今早上，我跑到咱家里，把妈妈数说了一番，她也觉得不该；然后我就来……"

"你真是个受罪鬼！"巧英打断了她的话，一下子恨得牙咬住嘴唇，半天不言语了。过了好一会儿，才愤愤地说："高加林不光辱没了你，把咱们一家人都拿猪尿泡打了，满身的臊气！你能忍了这口气，你忍着！我们可忍受不了！我今儿个非给他小子难看不可！"

"好姐姐哩！他现在也够可怜了，要是墙倒众人推，他往后可怎样活下去呀……"巧珍说着，泪水已经在眼眶里旋转起来。

巧英执拗地把头一拧，说："你别管！这是我的事！"说着，把手里的筐子往地上一丢，一屁股坐在一块石头上，双手狠狠把膝盖一抱，像一个粗野的男人一样。

巧珍一下子跪在巧英面前，把头抵在姐姐的怀里，哽咽着说："我给你跪下了！姐姐！我央告你！你不要这样对待加林！不管怎样，我心疼他！你要是这样整治加林，就等于拿刀子捅我的心哩……"

善良的品格和对不幸的妹妹的巨大同情心，使得巧英一下子心软了，她一只手上去抹自己眼里涌出的泪珠，另一只手亲热地摩挲着巧珍的头，说："珍珍，你不要哭了！姐姐知道你的心！姐姐不了……"她停了半天，突然又叹了一口气说："我心里知道你最爱他。唉！这坏小子要是早叫公家开除回来就好了……现在可怎办呀？我看得出来，这坏小子实际上心里也是爱你的！说不定他还要你哩，可现在……"

"不！"巧珍抬起泪水斑斑的脸，"这是不可能的，我已经结婚了。再说，我也应该和马拴过一辈子！马拴是个好人，对我也好，我已经伤过心了，我再不能伤马拴的心了……"

巧英又长出了一口气，说："那你回喀。我也就回呀……"说着就站起来拿筐子。

巧珍也站起来，问："你公公在不在家？"

"在哩，怎啦？"巧英问。

"是这样的，我昨晚还听巧玲说，公社可能还要叫咱们学校增加一个教师。加林回来一下子又习惯不了地里的劳动，我想着能不能叫他再教书。马拴是校管委会的，他昨晚上说马店村里有他哩，说他一定代表马店村去给公社说。咱村里你公公拿事，我想拉你一块儿去求求明楼叔，让加林再去教书。你在旁边一定要帮我说话，你是他的儿媳妇，面子比我大……"

巧英惊讶地张开嘴，望着妹妹怔了半天。她一条胳膊挽起筐子，过来用另一条胳膊搂住巧珍的肩头，说："那咱们回！妹子，你可真有一副菩萨心肠……"

天还没有明时，高加林就赤手空拳悄然地离开了县委大院。

他匆匆走过没有人迹的街道，步履踉跄，神态麻木，高挑的个子不像平时那般笔直，背微微地有些驼了；失神的眼睛深陷在眼眶里，没有一点光气，头发也乱蓬蓬的像一团茅草。整个脸上像蒙了一层灰尘，额头上都似乎显出了几条细细的皱纹。

漂亮而潇洒的小伙子啊，一下子就像老了许多岁！

到现在，高加林才感到自己像个一无所有的叫花子一般。他感觉到自己孤零零的，前不着村，后不靠店。他不知道自己从什么路上走来，又向什么路走去……

当他走到大马河桥上的时候，他一下子有气无力地伏在了桥栏杆上。桥下，清清的大马河在黎明前闪着青幽幽的波光，穿过桥洞，汇入了初秋涨宽了的县河里，县河浑黄的流水平静地绕过城下，流向了看不见的远方。

他手抚着桥栏杆，想起第一次卖馍返回的时候，巧珍就是在这里等他的；想起在这同一个地方，他不久前又曾狠心地和她断绝了关系……眼下他又在这里了，可是他现在还有什么呢？他幻想的工作和未来在大城市生活的梦想破灭了，黄亚萍又退回到了他生活的远景上；亲爱的刘巧珍被他冷不丁地抛弃，现在已和别人结了婚。他真想一纵身从这桥上跳下去！

这一切怨谁呢？想来想去，他现在谁也不怨了，反而恨起了自己：他的悲剧是他自己造成的！他为了虚荣而抛弃了生活的原则，落了今天这个下场！他渐渐明白，如果他就这样下去，他躲过了生活的这一次惩罚，也躲不过去下一次惩罚——那时候，他也许就被彻底毁灭了……

严峻的现实生活最能教育人，它使高加林此刻减少了一些狂热，而增强了一些自我反省的力量。他进一步想：假如他跟黄亚萍去了南京，他这一辈子就会真的幸福吗？他能不能就和他幻想的那样在生活中平步青云？亚萍会不会永远爱他？南京比他出色的人谁知有多少，以后根本无法保证她不再去爱其他男人，而把他甩到一边，就像甩张克南一样。可是，如果他和巧珍结了婚，他就敢保证巧珍永远会爱他。他们一辈子在农村虽然生活苦一点，但会活得很幸福的……现在，他把生活中最宝贵的东西轻易地丢掉了！他做了昧良心的事！爸爸和德顺爷的话应验了，他害了别人，也害了自己！他搅乱了许多人的生活，也把自己的生活搅了个一塌糊涂……

黎明不知什么时候已经静悄悄地来临了。县城的灯光先后熄灭，大地万物在一种自然柔和的光亮中脱去了夜的黑衣裳，显出了它们各自的面目。时令已进入初秋，山头和川道里的庄稼、树木，绿色中已夹杂了点点斑黄。

城里已经又开始熙熙攘攘了。一天的生活像往常一样开始了它的节奏。

高加林望了一眼罩在蓝色雾霭中的县城，就回过头，穿过桥面，拐进了大马河川道。

他走在庄稼地中间的简易公路上，心里涌起了一种从未体验过的难受。他已经多少次从这条路上走来走去。从这条路上走到城市，又从这条路上走回农村。这短短的十华里土路，对他来说，是多么的漫长！这也象征着他已经走过的生活道路——短暂而曲折！

他折了一枝柳树条，一边走，一边轻轻抽打着路边的杂草，心想：他回到村里后，人们会怎样看他呢？他将怎样再开始在那里生活呢？亲爱的巧珍已经不在了！如果有她在，他也就不会像现在这样难受和痛苦了。她那火一样热烈和水一样温柔的爱，会把他所有的苦恼冲洗掉。可是现在……他忍不住一下子站在路上，痛不欲生地张开嘴，想大声嘶叫，又叫不出声来！他两只手疯狂地揪扯着自己的胸脯，外衣上的纽扣"嘣嘣"地一颗颗飞掉了……

早晨的太阳照耀在初秋的原野上，大地立刻展现出了一片斑斓的色彩。庄稼和青草的绿叶上，闪耀着亮晶晶的露珠。脚下的土路潮润润的，不起一点黄尘。高加林在路上摇摇晃晃地走着，走几步就站下，站一会儿再走……

离村子还有一里路的地方，他听见河对面的山坡上，有一群孩子叽叽喳喳地说话，其中听见一个男孩子大声喊："高老师回来啰……"他知道这是他们村的砍柴娃娃，都是他过去的学生。

突然，有一个孩子在对面山坡上唱起了《信天游》——

哥哥你不成材，

卖了良心才回来……

孩子们都哈哈大笑，叽叽喳喳地跑到后沟里去了。

这古老的歌谣，虽然从孩子的口里唱出来，但它那深沉的谴责力量，仍然使高加林感到惊心动魄。他知道，这些孩子是唱给他听的。

唉！孩子们都这样厌恶他，村里的大人们就更不用说了。

他走不远，就看见了自己的村子。一片茂密的枣树林掩映着前半个村子；另外半个村子伸在沟口里，他看不见。

他忍不住停下了脚步，忧伤地看了一眼他熟悉的家乡。一切都是原来的样子——但对他来说，一切又都不一样了……

就在这时，许多刚下地的村里人，却都从这里那里的庄稼地里钻出来，纷纷向他跑来了。

他不知道这是怎一回事，村里的人们就先后围在了他身边，开始向他问长问短。所有人的话语、表情、眼神，都不含任何恶意和嘲笑，反而都很真诚。大家还七嘴八舌地安慰他哩。

"回来就回来吧，你也不要灰心！"

"天下农民一茬子人哩！逛门外和当干部的总是少数！"

"咱农村苦是苦，也有咱农村的好处哩！旁的不说，吃的都是新鲜东西！"

"慢慢看吧，将来有机会还能出去哩……"

亲爱的父老乡亲们！他们在一个人走运的时候，也许对你躲得很远；但当你跌了跤的时候，众人却都伸出自己粗壮的手来帮扶你。他们那伟大的同情心，永远都会给予不幸的人！

高加林忍不住热泪盈眶。他一句话也说不出来，只是掏出纸烟，给大家一人散了一根。

庄稼人们问候和安慰了他一番，就都又下地去了。

当高加林再迈步向村子走去的时候，感到身上像吹过了一阵风似的松动了一些。他抬头望着满川厚实的庄稼，望着浓绿笼罩的村庄，对这单纯而又丰富的故乡田地，心中涌起了一种深厚的情感，就像他离开它已经很长很长时间了，现在才回来……

当他从公路上转下来，走到大马河湾的分路口上时，腿猛一下子软得再也走不动了。他很快又想起，他和巧珍第一次相跟着从县城回来时，就是在这个地方分手的——现在他们却永远地分手了。他也想起，当他离开村子去县城参加工作时，巧珍也正是在这个地方送他的。现在他回来了，她是再不会来接他了……

他坐在一块石头上，身上像火烧着一般烫热。他用两只手蒙住眼睛，头无力地垂在胸前。他真不知道往后的日子怎么过呀？他嘴里喃喃地说："亲爱的人！我要是不失去你就好了……"泪水立刻像涌泉一般从指缝里淌出来了……

好久，高加林才抬起头。他猛然发现，德顺爷爷正蹲在他面前。他不知道德顺爷爷是什么时候蹲在他面前的。他只是静静地蹲着，抽着旱烟锅。

他见他抬起头来，便笑眯眯地说："你还有眼泪呢？"接着一脸皱纹一下子缩到眼角边，摇了摇那白雪般的头颅，痛心地说："娃娃呀，回来劳动这不怕，劳动不下贱！可你把一块金子丢了！巧珍，那可是一块金子啊！"

"爷爷，我心里难过。你先别说这了。我现在也知道，我本来已经得到了金子，但像土坷垃一样扔了。我现在觉得活着实在没意思，真想死……"

"胡说！"德顺爷爷一下子站起来，"你才二十四岁，怎么能有这么些混账想法？如果按你这么说，我早该死了！我，快七十岁的孤老头子了，无儿无女，一辈子光棍一条。但我还天天心里热腾腾的，想多活它几年！别说你还是个嫩娃娃哩！我虽然没有妻室儿女，但

170

觉得活着总还是有意思的。我相好过，也痛苦过；我用这两只手劳动过，种过五谷，栽过树，修过路……这些难道不也是活得有意思吗？——拿你们年轻人的词说叫幸福。幸福！你小子不知道，我把我树上的果子摘了分给村里的娃娃们，我心里可有多……幸福！不是么，你小时候也吃过我的多少果子啊！你小子还不知道，我栽下一拨儿树，心里就想，我死了，后世人在那树上摘着吃果子，他们就会说，这是以前村里的光棍老汉德顺栽下的……"

德顺老汉大动感情地说着，像是在教导加林，又像是借此机会总结他自己的人生；他像一个热血沸腾的老诗人，又像一个哲学家；那只拿烟锅的、衰老的手在剧烈地抖动着。

高加林一下子站起来了。傲气的高中生虽然研究过国际问题，读过许多本书，知道霍梅尼和巴尼萨德尔，知道里根的中子弹政策，但他没有想到这个满身补丁的老光棍农民，在他对生活失望的时候，给他讲了这么深奥的人生课题。他望着亲爱的德顺爷爷那张老皱脸，一双失去光彩的眼睛里重新飘荡起了两点火星。

德顺爷爷用缀补丁的袖口揩了一下脸上的汗水，说："听说你今天上午要回来，我就专门在这里等你，想给你说几句话。你的心可千万不能倒了！你也再不要看不起咱这山乡坷垃了。"他用枯瘦的手指头把四周围的大地山川指了一圈，说："就是这山，这水，这土地，一代一代养活了我们。没有这土地，世界上就什么也不会有！是的，不会有！只要咱们爱劳动，一切都还会好起来的。再说，而今党的政策也对头了，现在生活一天天往好变。咱农村往后的前程大着哩，屈不了你的才！娃娃，你不要灰心！一个男子汉，不怕跌跤，就怕跌倒了不往起爬，那就变成了死狗了……"

"爷爷，你的话给我开了窍，我会记住的，也会重新好好开始生活的。刚才我在前川碰见庄里的其他人，他们也给我说了不少宽心话。唉，我现在就担心高明楼和刘立本两家人往后会找我的麻烦，另眼看我……"

"啊呀，这你别担心！就是为了这事，我刚才还去明楼家找了他。我和他爸当年是拜把兄弟，我敢指教他哩！我已经把话给他敲明了，叫他再不要捣你的鬼……噢，我倒忘了给你说了！我刚才去明楼家，正碰见巧珍央求明楼，让他去公社做做工作，让你再教书哩！巧珍说得鼻涕一把泪一把，明楼当下也应承了。不知为什么，他儿媳妇巧英也帮巧珍说话哩。你不要担心，书教成教不成没什么，好好重新开始活你的人吧……啊，巧珍，多好的娃娃！那心就像金子一样……金子一样啊……"德顺老汉泪水夺眶而出，登时哽咽得说不下去了。

高加林一下子扑倒在德顺爷爷的脚下，两只手紧紧抓着两把黄土，沉痛地呻吟着，喊叫了一声：

"我的亲人哪……"

一九八一年夏天初稿于陕北甘泉，

同年秋天改于西安、咸阳，冬天再改于北京

选自《路遥文集》

陕西人民出版社 1995 年版

作家的话 ◈

也许现实主义可能有一天会"过时"，但在现有的历史范畴和以后相当长的时代里，现实主义仍然会有蓬勃的生命力。生活和艺术

172

已证明并将继续证明这一点，而不在于某种存有偏见的理论妄下断语。即使有一天现实主义真的"过时"，更伟大的"主义"莅临我们的头顶，现实主义作为一定范畴的文学现象，它的辉煌也是永远的。

《〈平凡的世界〉创作随笔》

评论家的话 ◈

自尊、自卑、自信错综复杂地交织在高加林的性格中，好像"无数互相交错的力量，有无数个力的四边形"，相互冲突，相互牵制，而产生出一个总的结果。它不以任何个人的意志为转移。应该说，这个结果同高加林最初的愿望是并不一致的。

小说通过高加林和刘巧珍的爱情悲剧多层次地展现了高加林这种悲剧性格的形成过程。高加林同传统的道德观念有着千丝万缕的瓜葛，他在爱情问题上是相当严肃的，他对巧珍的感情真实得令人无可置疑，但他被实现个人愿望的可能性引起的骚动同样真实得令人无可置疑。对他来说，这是一个一开始就存在的，甜蜜而又痛苦的矛盾。在他由于偶然的机遇而出现的命运转机后，在他对生活、对自己作了重新估量后，矛盾的离心力很快就超过了向心力，他和巧珍的爱情逐渐被同黄亚萍高雅而又世俗的恋爱所代替。他和巧珍的离异标志着他同"土地"的最后决裂，他在坎坷不平的人生道路上终于迈出了令人遗憾的合法但却不合理的关键性的一步。诚如他父亲和德顺老汉所感觉到的：这个人已经有了他自己的一套，用他们的生活哲学已经不能说服他了。"你是一个混蛋！你已经不要良心了，还想良心干什么？……"在这自我谴责的背后是一种痛苦搏斗后的自我肯定。最终他把来自外部的亲人和舆论的责难与来自内部

173

的良心的发现全部否定了。"为了远大的前途，必须做出牺牲！有时对自己也要残酷一些。"这里，个人主义的排他性得到了最大限度的表现，人生的含义终于被错误地曲解，社会变成了一座动物化的竞争场。

多么令人痛惜、愤懑……然而在谴责的背后却又多少掺杂着一些沉思和启示：倘若在我们古老而又有待开发的土地上，始终循环着"日出而作，日入而息"的生活方式，而不能出产更多的精神文明，倘若刘巧珍诚挚而又深沉的爱情始终不能满足高加林个人愿望中的合理的部分，那么，传统的生活哲学又怎么能说服他，束缚住他呢？

这真是一个我们在感情上无法理解但是在理智上却必须正视的生活的真实。

蔡翔：《高加林和刘巧珍——〈人生〉人物谈》

黄永玉
往事与散宜生诗集

黄永玉，1924 年出生于湖南常德。土家族人，画家、诗人兼散文家。早年在福建受过不完整的中学教育，青少年时代在东南各省市流浪，做过瓷场工人、中小学教员、记者、编辑、电影编剧等。20 世纪 40 年代起自学绘画、木刻，并开始断断续续发表诗作。中华人民共和国成立初期，由香港到北京，执教于中央美术学院，后任教授等职。著有诗集《曾经有过那种时候》《我的心，只有我的心》和散文集《太阳下的风景》等，还有讽刺幽默诗画合集《力求严肃认真思考的札记》《芥末居札记》《罐斋杂记》及《黄永玉木刻集》《画家黄永玉湘西写生》等多种。其散文注重性灵独抒，情思深湛、潇洒，长于志人记事。2023 年因病去世。

——不以模拟损才，不以议论伤格……苍劲中姿媚跃出，欧阳公所谓妖韶女老自有余态者也。

——袁宏道《徐文长传》

　　十年动乱时，我最不老实之处就是善于"木然"。没有反应，没有表情（老子不让你看到内心活动）。我有恃无恐，压人的几座大山，历史，作风，家庭出身在我身上没有影响，不成气候。

　　动乱初期我倒是真诚地认了罪的。喜欢封、资、修文学，音乐，喜欢打猎，还有许多来往频繁的右派朋友。这玩意恐怕至今还在我的档案袋里。江丰同志平反后回中央美院负责工作，有一次在我家聊天时，我提起过"定案"中有同情右派江丰、彦涵等人的材料，我在上面签过字会不会使一些人为难时，江丰同志说："让它留在里头更好！"

　　到了动乱中末期，曾要我认罪的那些"接罪"朋友们的"德行"也在铺天盖地的大字报中灿烂地出现了，可真是今古奇观，妙不胜收。不要以为我看到这些大字报会手舞足蹈，喜形于色。那才不咧！我"天低吴楚，眼空无物"，我"目眇眇兮愁予"，我"起看星斗正阑干"。我世故之极，面对大字报，一视同仁，缓步而行，……心里呢？可确实痛快！好家伙！原来如此，这帮伪君子！我发现了自己，这简直值得从长计议，细细推敲。比起他们，我的天！我怎么忘记了自己是个好人？

从那天起，我开始感觉到记忆力的猛然恢复，一种善良意念在为我几十年来的师友们逐个地做着"精神平反"。用这种活动打发在"牛棚"里呆坐着的时光。

什么狗屁罪啊！

我的那些年长的、同年的和比我年幼的受难的师友们在哪里啊？你们在想什么？你们过得好吗？

想得最多的是绀弩。他咏林冲的两句诗"男儿脸刻黄金印，一笑身轻白虎堂"充实我那段时期全部生活的悲欢。感受到言喻不出的对未来的信心。

绀弩明明年长我近二十岁，三十多年前他已不允许我称呼他做"先生"或"老师"了。"叫我作老聂吧！为我自己，为大家来往都好过些。"他说。当时我年轻，不明白为什么免了一些尊称就会使他好过的道理。

见到他，是在抗日战争胜利后的香港了，是一九四八年吧！有的先生前辈，想象中的形象与名字跟真人相距很远；见到绀弩，那却是极为一致。茂盛的头发，魁梧而微敛的身材，酱褐色的脸上满是皱纹，行动算不上矫健，缺乏一点节奏，但有一对狡猾的小眼睛，天生嘲弄的嘴角。我相信他那对眼睛和嘴巴，即使在正常状态，也会在与人正常相处中给自己带来负担和麻烦。

诗人胡希明（三流）老人曾在我给绀弩的一张画像上题打油诗时也说到他的皱纹，可见皱纹是从来就有的：

"二鸦诗人老聂郎，皱纹未改昔年装，此图寄到北京去，吓煞劳工周大娘。"（周大姐那时是邮电部劳工部长）

"二鸦"是"耳耶"的变声，"耳耶"是"聂"的分析，"耳耶"

177

这笔名却是在鲁迅先生文章中早就看到的。四十年代末，五十年代初，在香港绀弩却用了很多"二鸦"的这个笔名。那时他在香港《文汇报》工作，也常在《大公报》行走。我那时在《大公报》和《新晚报》打杂做雇工。

解放前后他正在香港。那时候的香港有如"蒙特卡罗"和"卡萨布兰卡"那种地方，既是销金窟，又是政治的赌场。解放后从大陆逃到香港过日子的，都不是碌碌之辈。不安分的就还要发表反共文章。绀弩那时候的文艺生活可谓之浓稠之至，砍了这个又捅那个，真正是"挥斥方遒"的境界。文章之宏伟，辞锋之犀利，大义凛然，所向披靡，我是亲闻那时的反动派偃兵息鼓、鸦雀无声的盛景的。后来我还为这些了不起的文章成集的时候作过封面。记得一个封面上木刻着举火的"普罗米修斯"，绀弩拐弯抹角地央求给那位正面走来的、一丝不挂的"洋菩萨"穿一条哪怕是极窄的三角裤……我勉强地同意了。

一九五〇年我回过一趟家乡，回香港后写过一套连载叫作《火里凤凰》的，说的是家乡凤凰县有如"凤凰涅槃"得到再生的报道。他看了说和一九四八年的那个连载《狗爬径人物印象记》一样有趣，要找朋友给我出版。现在想起来是的确按他的吩咐与其他杂文贴成一个本子交到思豪酒店的一间房间里去的。当然，现在才想起来，应该追究稿子的下落，但一切已经太迟了。

一九五〇年，我爱人在广州华南文艺学院念书。我一个人住在香港跑马地坚尼地道的一间高等华人的偏殿里，高级但窄小如雀笼。朋友们不嫌弃倒常来我处坐谈。

绀弩会下棋，围棋、象棋我都不会，会，也不是他的对手。他爱打扑克，我也不会，甚至有点讨厌。（两个人大概打不起来吧？）他会喝酒，我也不会，但可以用茶奉陪，尤其是陪着吃下酒花生。花生是罐头的，不大，打开不多会儿，他还来不及抿几口酒时，花生已所剩无几，并且全是细小干瘪的残渣。他会急起来，会急忙地从我方用手捋一点到彼方去：

"他妈的，你把好的全挑了！"

他说他要回北京了，朋友们轮流请他吃饭，一个月过去，毫无动静，于是他说这下真的要走了，几月几日，朋友们于是轮流又请吃饭。总共是两轮，到第三次说到要回北京时，朋友们唱骊歌的劲已经泄得差不多了，他却悄悄地真的走了。

大家原来还一致通过，再不走，就两次追赔。真走了，倒后悔说了这些过分的话。

他曾写过一篇《演德充符义赠所亚》的"故事新编"体的庄子"德充符"故事。为什么要演"德充符"呢？大概"申徒嘉兀者也"，与老所靠着两张小板凳移步的情况相同，尤其与申徒嘉那点傲岸的美丽相同吧！他送人东西，生怕别人不要，总是用恳求的态度，甚至还要点欺诈. 帮人的忙，诚恳有甚于请别人帮忙。不在乎，懒洋洋，余韵也不留。说的是老所，其实是他自己不断奔赴不断追求的人的那点完美境界。

"德充符"所云："不可奈何而安之若命，唯有德者能之。"也不过只触及绀弩思想中的一点点机关而已，因为真正的马克思主义者从来就是个战斗者。这从他以后的生涯中完全得到证实。

在香港这段时间，他很寂寞。家人远在北方，在我那间小屋子里，他曾经提笔随手写过许多字。他老说他的字不好，其实是好的，这种说过没完的话一直继续到北京的六十年代。他曾经临摹过《乐毅论》和《黄庭经》，用的是大楷的方式进行，这都是很富独创性和见地的。

在香港给我写的一张字是自己的打油诗：

"不上山林道，聊登海景楼，无家朋友累，寡酒圣贤愁，春夏秋冬改，东西南北游，打油成八句，磅水搵三流。"

要加以说明的不少。山林道在五十年代初是个灯红酒绿的地方。海景楼是个新开的北方饭馆。磅水二字是钱的意思，这里指的是稿费。三流即诗人胡希明老人，当时是《周末报》的编辑头目。

还给我写过一张马克思的语录，因为没有标点符号，加上自己政治水平低劣，读来读去都难得顺意。二十多年后的十年浩劫，这段语录已成为大家熟知的名言，那就明白了：

"批评的武器不能代替武器的批评，物质的力只有物质的力才能打倒。——马克思"

试把标点去掉读读看，即可知我那时领会的艰难程度。

说来见笑，什么叫作"党"？什么叫作"组织"？《联共（布）党史》有什么意义？都是他告诉我的。为我讲这些道理时他也不是作乎正经，一般总是轻描淡写，言简意赅地说了就算。因为他还有别的许多有趣的话要说。

我是他离港后三年才回到北京参加工作的。他在人民文学出版社和适夷同志一起。听说他注释过《西游记》还是《水浒传》。觉得他不写杂文对人对己真是个损失；同时又觉得那时候，杂文在紺弩恐怕也是不容易写得好了。难啊！有时候去看他，有时候他也来。有时候和朋友在我家打扑克。老实说，不单我自己不会打扑克，我也讨厌别人打扑克。我当时并不了解扑克这玩意还有高雅这层意义。只是觉得把时间花在这上头有点可惜。尤其是绀弩这个人。他却搞得兴致盎然，居然还要吆喝。滞溺于这种趣味中的缘由，我多么地缺乏理解啊！

反右了。反右这个东西，我初时以为是对付青面獠牙的某种人物的，没料到罩住我许多熟人，我心目中的老师和长者，好友，学生。我只敢在心里伤痛和惋惜。在我有限的生活认识中颤抖。

背着许多师友们的怀念过了许多年。六十年代的某一天，他回来了。正在吃晚饭，门外进来一个熟悉的黑影，我不想对着他流泪，"相逢莫作喈嗟语，皆因凄凄在乱离"，他竟能完好地活着回来！也就很不错了。

但是，他和苗子、辛之、丁聪、黄裳们的情况不同，还坐过牢。年纪也大得多。

在东北森林他和十几二十人抬过大木头，在雪地里，一起唱着"号子"合着脚步。我去过东北森林三次，见过抬木头的场面。两千多斤的木头运行中一个人闪失会酿成全组人的灾祸。因之饶恕一个人的疏忽是少有的。但他们这个特殊的劳动组合却不是这样。年老的绀弩跌倒在雪泞中了，大家屏气沉着地卸下肩负，围在绀弩四周……

以为这下子绀弩完了。

他躺在地上，浑身泥泞，慢慢睁开眼睛，发抖的手去摸索自己上衣的口袋，掏出香烟，取出一支烟放在嘴上，又慢慢地去掏火柴，擦燃火柴，点上烟，就那么原地不动地躺着抽起烟来。大家长长地嘘了一口大气。甚至还有骂娘的……

他们会把这个已经六十岁，当年黄埔军校第一期的老共产党员怎么样呢？"凡在故老，犹蒙矜育"嘛！何况"河冰夜渡"之绀弩乎？

他还"放火"烧过房子！这当然是个"振奋人心"的坏消息！是"阶级敌人磨刀霍霍"的具体表现！

绀弩解释过吗？申诉过吗？我没好意思当面问他，因为听到消息是在他回北京之前。无声地接受现实，到头来，是个最合算的出路。何况牢已经坐过了。

实际的情况应该是这样——

右派劳改队刚到的时候，没有围墙的"窝棚"由大家自己搭建。长几十米泥糊的大炕将是这些人迷茫的归宿。只是太潮湿了。铺上厚厚的干草，不几天，零下三十度的雪天里居然欣欣向荣地长出了蘑菇。领导上关了心。大伙儿外出劳动时，绀弩负责用干草把湿炕烤干。

绀弩情愿跟大家一齐出勤，点燃几个连接炕铺的泥炉子的本领他并不在行。

"不行！不会？不会要学！"领导说。

"万一不小心烧着窝棚我怎么办？"绀弩说。

"烧着窝棚我拉你坐牢！"领导说。

结果，真的烧得精光，包括所有人的行李。

"良人者，终生所托者也，今若此……"绀弩呀绀弩！你把穷朋友哥儿们都耽误了。

引火的是湿草，塞在炉子里当然点不着。当然要吹；一吹当然浓烟四溢。当然要呛眼睛鼻子。当然要把不着的湿草拔出来再弯腰

182

吹炉子里头的湿草。举着的那把草一见风倒认真地着起来。你不知道，你不是在鼓吹炉子吗？窝棚也是草做的嘛！你看，不是让你点着了吗？

绀弩坐了好些日子的牢。一年？两年？我闹不清楚，只知道后来给人保了出来。不久回到北京。

那时候就听到好些熟人都"脱"了"帽"。其实，右派的官司并没有完，一个更活泼可喜的名字出现了，叫作"脱帽右派"。好像右派分子只是在街上散步碰到个熟朋友，举起帽子向朋友致意又自己戴上似的。又好像原本有了一顶鸭舌帽，为了高兴上盛锡福添了顶贝雷帽。我那时颇有点天真，怀疑是不是标点符号上的误会，把"可戴可不戴，不戴。"理解为"可戴，可不戴，不！戴！"呢？所以后来这些朋友们走在闹市上总把破帽子挡着脸时，我就不认为那是一种矫揉的诗情画意了。

绀弩那时常作诗，还让我"窝藏"过他从东北带回的一本原始诗稿（这本手稿给另一位朋友在什么时候烧了）。还写了不少给我两个孩子的短诗和长诗。非常非常遗憾，动乱期间给抄得精光，以致《三草》与《散宜生诗》中没能发表这些好诗。记得那时是三年困难时期，孩子想吃凉糖饼得狠，他老人家就时常带了点来，有两句诗我是记得的："安得糕饼千万斤，与我黄家兄妹分……"如今孩子是长大了，可他们也只能把这两句挂在口头作为儿时的纪念。

绀弩的生日如果没有记错的话，该是在除夕那天。有一首《自寿六十》的诗中两句："人生六十有几回？且将祝酒谢深杯……"引起了一段笑话。

我儿子那时是八岁，大概觉得这首诗读起来有味，居然摇头摆尾唱和起来："人生八岁有几回，且将祝酒谢深杯……"

我那时整四十，感于浮浪光阴，情绪很波动过一阵，他知道了这个消息，疾风似的赶到我家，这永远是难以忘怀的。那种从没有过的可依靠信赖的严峻的目光，我接受了他的批评重新振奋起来。

一段长时间下乡，运动，又下乡，又运动，见面的机会少了。再就是"文化大革命"。

很久很久以后才听说他判了无期徒刑，送到山西一个偏僻的小县城的牢房里。

在香港时，有一天他急着要我给他去找一本狄更斯的《双城记》，提到要查一查第一页那有名的第一段："这是一个光明的时代，这是一个黑暗的时代……"似乎是要写篇对付曹聚仁的文章。后来，果然写出来了，不愧是一篇辉煌的檄文，革命的气势至今想来心情还不免汹涌澎湃。

《双城记》这部结体"古典"的小说，其中的人物却常使我闻到新的气息。比如那个吊儿郎当从容赴死的卡尔登，那个被压在暗无天日的死牢里的、连意识都消磨尽了的老鞋匠。

绀弩不就是这些人的总合吗？

让你默默地死在山西小县城里只有四堵石墙、荒无人烟的死牢里吧！让你连人类的语言都消失在记忆之外去吧！如果侥幸你能活着出来的话，绀弩就不是绀弩了。事实上，这一次我并不奢望真还能再见到一个活着的绀弩。

但是又见到他了。

不过，这一次，我走进门，他躺在床上。

我说：

"老聂呀！你虽然动不了啦！可还有一对狡猾的眼睛！"

他笑了。他说：

"你还想不到，我在班房里熟读了所有的马列主义的书。我相信很少有人这么有系统，精神专注，时间充裕，毫无杂念地这样读马列的书！"

这老家伙不单活过来，看样子还有点骄傲咧！

他和周颖大姐所能忍受到的人间辛苦，很多不是我们所能想象的。这样一来，他的卧床倒显得微不足道了。

绀弩已经成为一部情感的老书。朋友们聚在一起时一定要翻翻他。因为他是我们的"珍本"，是用坚韧的牛皮纸印刷的。

我曾经向一位尊敬的同志谈到绀弩，我告诉他，不要相信我会说如果他得到什么帮助的话，将会再为人民做出多少多少贡献来，不可能了，因为他精神和体力已经被摧残殆尽。只是，由于他得到顾念，我们这一辈人将受到鼓舞而勇敢地接过他的旗帜。

至于诗，我不够格"起论"。只能说，是他的诗的拥护者。绀弩晚年以诗名世，连我也是出乎意料的。

记得一个笑话：

诸葛亮，刘、关、张、赵，都已不在人世，他们的孩子倒在人间替老子吹牛。

诸葛的儿子说，没有我爸爸，国家会如何如何……

张苞说：我爸爸当阳桥前一声吼，水倒流，曹兵如何如何……

阿斗说：我爸爸是一国之主，没有他，如何如何……

赵云的儿子也说：没有我爸爸，连你（指阿斗）都没了，如何如何……

轮到关平，这家伙思路不宽，只说出一句："……我爸爸那，那，胡子这么，这么长……"

关公在天上一听，气得不得了，大骂曰："我老子一身本事，你他奶奶就只知道我这胡子！"

对于绀弩，我看眼前，就只好先提他的胡子了。

一九八三年一月十八日夜

选自《太阳下的风景》

百花文艺出版社1984年版

作家的话 ◇◇

我天生只是一个浅尝辄止的人，既无长性，也乏教养。这些宝贵的知识对于其他的人早就应该起到培养伟人的作用了，但对于我却适得其反，我从来不是个有出息的人，只觉得书这个东西泛泛有趣而已。我了解到作者们对世界和生活的态度。一个人只能有一个态度，而我熟悉了一万个起码写得出一本书来的聪明人的态度。很有意思。

对于文字书册一样，我有了把这本和那本东西比较比较的机会……从而得到锻炼自己艺术口味的机会。几十年来对自己，唯一可以欣慰的只是自己这种胃口的健康。

在书本（包括画册）中我为那些敏锐的生活发现者鼓掌；也极佩服文字技巧家和基本功很深的画家深刻地运用优美的文字和画笔的手段高明。但如果是具备了两种长处集于一身的画家或作家时，那当然更会使我高兴得整天吹起口哨来。

《南沙沟札记》

对多才多艺的黄永玉来说，写人记事也是他的擅长。而这篇《往事与散宜生诗集》是最能体现其文字风格的文章之一。他写自己与诗人聂绀弩的交谊，写诗人在漫长的苦难中奇迹般地生存下来，"虽然动不了啦！可还有一对狡猾的眼睛！"辛酸、苦难却以嬉笑怒骂出之；诙谐、幽默里透露出深深的敬佩和友情。行文简洁、跳跃，活泼无拘，一路挥洒而又妙语迭出，既写了友人又写了自己，坦荡的胸襟，疾恶如仇的品格和潇洒的人生姿态跃然笔端。

宋炳辉

贾平凹
秦　腔

　　贾平凹，原名贾平娃。1952 年生于陕西丹凤县一个农民家庭。1967 年初中毕业后在家务农。1972 年入西北大学中文系学习，毕业后任陕西人民出版社编辑。1980 年调任《长安》文学月刊编辑。1983 年起从事专业创作。主要作品有：长篇小说《商州》《浮躁》《妊娠》《废都》《土门》等，中短篇小说集《山地笔记》《腊月·正月》《天狗》等和散文集《爱的踪迹》《商州散记》等。初期创作在田园牧歌式的抒写中显示出淡雅恬静的审美趣旨。自《商州初录》起则致力于"商州小说"的创作，在对普通农民行为、心理和乡村风俗民情的描摹中传达出丰富的文化意蕴。艺术上承传中国古典美学的精髓，汲取民间文艺的养料，因而自成一格。其散文则以独抒性灵而卓然特立于文坛。

山川不同，便风俗区别，风俗区别，便戏剧存异；普天之下人不同貌，剧不同腔，京，豫，晋，越，黄梅，二簧，四川高腔，几十种品类；或问：历史最悠久者，文武最正经者，是非最汹汹者？曰：秦腔也。正如长处和短处一样突出便见其风格，对待秦腔，爱者便爱得要死，恶者便恶得要命。外地人——尤其是自夸于长江流域的纤秀之士——最害怕秦腔的震撼；评论说得婉转的是：唱得有劲；说得直率的是：大喊大叫。于是，便有柔弱女子，常在戏台下以绒堵耳，又或在平日教训某人：你要不怎么怎么样，今晚让你去看秦腔！秦腔成了惩罚的代名词。所以，别的剧种可以各省走动，唯秦腔则如秦人一样，死不离窝；严重的乡土观念，也使其离不了窝：可能还在西北几个地方变腔走调的有些市场，却绝对冲不出往东南而去的潼关呢。

　　但是，几百年来，秦腔却没有被淘汰，被沉沦，这使多少人在大惑而不得其解。其解是有的，就在陕西这块土地上。如果是一个南方人，坐车轰轰隆隆往北走，渡过黄河，进入西岸，八百里秦川大地，原来竟是：一抹黄褐的平原；辽阔的地平线上，一处一处用木椽夹打成一尺多宽墙的土屋，粗笨而庄重；冲天而起的白杨，苦楝，紫槐，枝干粗壮如桶，叶却小似铜钱，迎风正反翻覆……你立即就会明白了：这里的地理构造竟与秦腔的旋律惟妙惟肖的一统！再去接触一下秦人吧，活脱脱的一群秦始皇兵马俑的复出：高个，浓眉，眼和眼间隔略远，手和脚一样粗大，上身又稍稍见长于下身。

当他们背着沉重的三角形状的犁铧，赶着山包一样团块组合式的秦川公牛，端着脑袋般大小的耀州瓷碗，蹲在立的卧的石碌子碌碡上吃着牛肉泡馍，你不禁又要改变起世界观了：啊，这是块多么空旷而实在的土地，在这块土地摸爬滚打的人群是多么"二楞"的民众！那晚霞烧起的黄昏里，落日在地平线上欲去不去的痛苦的妊娠，五里一村，十里一镇，高音喇叭里传播的秦腔互相交织，冲撞，这秦腔原来是秦川的天籁，地籁，人籁的共鸣啊！于此，你不渐渐感觉到了南方戏剧的秀而无骨吗？不深深地懂得秦腔为什么形成和存在而占却时间、空间的位置吗？

八百里秦川，以西安为界，咸阳，兴平，武功，周至，凤翔，长武，岐山，宝鸡，两个专区几十个县为西府；三原，泾阳，高陵，户县，合阳，大荔，韩城，白水，一个专区十几个县为东府。秦腔，就源于西府。在西府，民性敦厚，说话多用去声，一律咬字沉重，对话如吵架一样，哭丧又一呼三叹。呼喊远人更是特殊：前声拖十二分地长，末了方极快地道出内容。声韵的发展，使会远道喊人的人都从此有了唱秦腔的天才。老一辈的能唱，小一辈的能唱，男的能唱，女的能唱；唱秦腔成了做人最体面的事，任何一个乡下男女，只有唱秦腔，才有出人头地的可能，大凡有出息的，是个人才的，哪一个何曾未登过台，起码不能吼一阵乱弹呢?！

农民是世上最劳苦的人，尤其是在这块平原上，生时落草在黄土炕上，死了被埋在黄土堆下；秦腔是他们大苦中的大乐，当老牛木犁疙瘩绳，在田野已经累得筋疲力尽，立在犁沟里大喊大叫来一段秦腔，那心胸肺腑，关关节节的困乏便一尽儿涤荡净了。秦腔与他们，要和"西凤"白酒，长线辣子，大叶卷烟，牛肉泡馍一样成为生命的五大要素。若与那些年长的农民聊起来，他们想象的伟大的共产主义生活，首先便是这五大要素。他们有的是吃不完的粮食，他们缺的是高超的艺术享受，他们教育自己的子女，不会是那些文豪们讲的，幼年不是祖母讲着动人的迷丽的童话，而是一字一板传授着秦腔。他们大都不识字，但却出奇地能一本一本整套背诵出剧本，虽然那常常是之乎者也的字眼从那一圈胡子的嘴里吐出来十分别扭。有了秦腔，生活便有了乐趣，高兴了，唱"快板"，高兴得似被烈性炸药爆炸了一样，要把整个身心粉碎在天空！痛苦了，唱"慢板"，揪心裂肠的唱腔却表现了多么有情有味的美来，美给了别人的享受，美也熨平了自己心中愁苦的皱纹。当他们在收获时节的土场上，在月在中天的庄院里大吼大叫唱起来的时候，那种难以想象的狂喜，激动，雄壮，与那些献身于诗歌的文人，与那些有吃有穿却总感空虚的都市人相比，常说的什么伟大的永恒的爱情是多么渺小、有限和虚弱啊！

我曾经在西府走动了两个秋冬，所到之处，村村都有戏班，人人都会清唱。在黎明或者黄昏的时分，一个人独独地到田野里去，远远看着天幕下一个一个山包一样隆起的十三个朝代帝王的陵墓，细细辨认着田埂上，荒草中那一截一截汉唐时期石碑上的残字，高高的土屋上的窗口里就飘出一阵冗长的二胡声，几声雄壮的秦腔叫板，我就痴呆了，感觉到那村口的土尘里，一头叫驴的打滚是那么有力，猛然发现了自己心胸中一股强硬的气魄随同着胳膊上的肌肉疙瘩一起产生了。

每到农闲的夜里，村里就常听到几声锣响：戏班排演开始了。演员们都集合起来，到那古寺庙里去。吹，拉，弹，奏，翻，打，念，唱，提袍甩袖，吹胡瞪眼，古寺庙成了古今真乐府，天地大梨园。导演是老一辈演员，享有绝对权威，演员是一家几口，夫妻同台，父子同台，公公儿媳也同台。按秦川的风俗：父和子不能不有其序，爷和孙却可以无道，弟与哥嫂可以嬉闹无常，兄与弟媳则无正事不能多言。但是，一到台上，秦腔面前人人平等，兄可以拜弟媳为帅为将，子可以将老父绳绑索捆。寺庙里有窗无扇，屋梁上蛛丝结网，夏天蚊虫飞来，成团成团在头上旋转，熏蚊草就墙角燃起，一声唱腔一声咳嗽。冬天里四面透风，柳木疙瘩火当中架起，一出场一脸正经，一下场凑近火堆，热了前怀，凉了后背。排演到什么时候，什么时候都有观众，有抱着二尺长的烟袋的老者，有凳子高、桌子高趴满窗台的孩子。庙里一个跟斗未翻起，窗外就哇的一声叫倒号，演员出来骂一声：谁说不好的滚蛋！他们抓住窗台死不滚去，倒要连声讨好：翻得好！翻得好！更有殷勤的，跑回来偷拿了红薯、土豆，在火堆里煨熟给演员作夜餐，赚得进屋里有一个安全位置。排演到三更鸡叫，月儿偏西，演员们散了，孩子们还围了火堆弯腰踢腿，学那一招一式。

一出戏排成了，一人传出，全村振奋，扳着指头盼那上演日期。一年十二个月，正月元宵日，二月龙抬头，三月三，四月四，五月五日过端午，六月六日晒丝绸，七月过半，八月中秋，九月初九，十月一日，再是那腊月五豆，腊八，二十三……月月有节，三月一会，那戏必是上演的。戏台是全村人的共同的事业，宁肯少吃少穿也要筹资积款，买上好的木石，请高强的工匠来修筑。村子富不富，就比这戏台阔不阔。一演出，半下午人就扛凳子去占地位了，未等戏开，台下坐的、站的人头攒拥，台两边阶上立的卧的是一群顽童。

那锣鼓就叮叮咣咣地闹台，似乎整个世界要天翻地覆了。各类小吃趁机摆开，一个食摊上一盏马灯，花生、瓜子、糖果、烟卷、油茶、麻花、烧鸡、煎饼，长一声短一声叫卖不绝。锣鼓还在一声儿敲打，大幕只是不拉，演员偶尔从幕边往下望望，下边就喊：开演呀，场子都满了！幕布放下，只说就要出场了，却又叮叮咣咣不停。台下就乱了，后边的喊前边的坐下，前边的喊后边的为什么不说最前边的立着；场外的大声叫着亲朋子女名字，问有坐处没有，场内的锐声回应快进来；有要吃煎饼的喊熟人去买一个，熟人买了站在场外一扬手，"日"的一声隔人头甩去，不偏不倚目标正好；左边的喊右边的踩了他的脚，右边的叫左边的挤了他的腰，一个说：狗年快完了，你还叫啥哩？一个说：猪年还没到，你便拱开了！言语伤人，动了手脚；外边的趁机而入，一时四边向里挤，里边向外扛，人的旋涡涌起，如四月的麦田起风，根儿不动，头身一会儿倒西，一会儿倒东，喊声，骂声，笑声一片；有拼命挤将出来的，一出来方觉世界若大，身体胖胖，但差不多却光了脚，乱了头发。大幕又一挑，站出戏班头儿，大声叫喊要维持秩序，立即就跳出一个两个所谓"二杆子"人物来。这类人物多是头脑简单，四肢发达，却十二分忠诚于秦腔，此时便拿了树条儿，哪里人挤，哪里打去，如凶神恶煞一般。人人恨骂这些人，人人又都盼有这些人，叫他们是秦腔宪兵，宪兵者越发忠于职责，虽然彻夜不得看戏，但大家一夜满足了，他们也就满足了一夜。

终于台上锣鼓停了，大幕拉开，角色出场。但不管男的女的，出来偏不面对观众，一律背身掩面，女的就碎步后移，水上漂一样，台下就叫：瞧那腰身，那肩头，一身的戏哟！是男的就摇那帽翎，

193

一会双摇，一会单摇，一边上下飞闪，一边纹丝不动，台下便叫：绝了，绝了！等到那角色儿猛一转身，头一高扬，一声高叫，声如炸雷豁啷啷直从人们头顶碾过，全场一个冷战，从头到脚，每一个手指尖儿，每一根头发梢儿都麻酥酥的了。如果是演《救裴生》，那慧娘站在台中往下蹲。慢慢地，慢慢地，慧娘蹲下去了，全场人头也矮下去了半尺，等那慧娘往起站，慢慢地，慢慢地，慧娘站起来了，全场人的脖子也全拉长了起来。他们不喜欢看生戏，最欢迎看熟戏，那一腔一调都晓得，哪个演员唱得好，就摇头晃脑跟着唱，哪个演员走了调，台下就有人要纠正。说穿了，看秦腔不为求新鲜，他们只图过过瘾。

在这样的地方，这样的环境，这样的气氛，面对着这样的观众，秦腔是最逞能的，它的艺术的享受，是和拥挤而存在，是有力气而获得的。如果是冬天，那风在刮着，像刀子一样，如果是夏天，人窝里热得如蒸笼一般，但只要不是大雪，冰雹，暴雨，台下的人是不肯撤场的。最可贵的是那些老一辈的秦腔迷，他们没有力气挤在台下，也没有好眼力看清演员，却一溜一排地蹲在戏台两侧的墙根，吸着草烟，慢慢将唱腔品赏。一声叫板，便可以使他们坠入艺术之宫，"听了秦腔，肉酒不香"，他们是体会得最深。那些大一点的，脾性野一点的孩子，却占领了戏场周围所有的高空，杨树上，柳树上，槐树上，一个枝杈一个人。他们常常乐而忘了险境，双手鼓掌时竟从树杈上掉下来，掉下来自不会损伤，因为树下是无数的人头，只是招致一顿臭骂罢了。更有一些爬在了场边的麦秸积上，夏天四面来风，好不凉快，冬日就扒个草洞，将身子缩进去，露一个脑袋。也正是有闲阶级享受不了秦腔吧，他们常就瞌睡了，一觉醒来，月在西天，戏毕人散，只好苦笑一声悄然没声儿地溜下来回家敲门去了。

当然，一次秦腔演出，是一次演员亮相，也是一次演员受村人评论的考场。每每角色一出场，台下就一片喊喊喳喳：这是谁的儿子，谁的女子，谁家的媳妇，娘家何处？于是乎，谁有出息，谁没能耐，一下子就有了定论。有好多外村的人来提亲说媒，总是就在这个时候进行。据说有一媒人将一女子引到台下，相亲台上一个男演员，事先夸口这男的如何俊样，如何能干，但戏演了过半，那男的还未出场。后来终于出来，是个国民党的伪兵，还持枪未走到中台，扮游击队长的演员挥枪一指，"叭"的一声，那伪兵就倒地而死，爬着钻进了后幕。那女子当下哼了一声，闭了嘴，一场亲事自然了了。这是喜中之悲一例。据说还有一例，一个老头在脖子上架了孙孙去看戏，孙孙吵着要回家，老头好说好劝只是不忍半场而去，便破费买了半斤花生，他眼盯着台上，手在下边剥花生，然后一颗一颗扬手喂到孙孙嘴里，但喂着喂着，竟将一颗塞进孙孙鼻孔，吐不出，咽不下，口鼻出血，连夜送到医院动手术，花去了七十元钱。但是，以秦腔引喜的事却不计其数。每个村里，总会有那么个老汉，夜里看戏，第二天必是头一个起床往戏台下跑。戏台下一片石头，砖头，一堆堆瓜子皮，糖果纸，烟屁股，他掀掀这块石头，踢踢那堆尘土，少不了要捡到一角两角甚至三元四元钱币来，或者一只鞋，或者一条手帕。这是村里钻刁人干的营生，而馋嘴的孩子们有的则夜里趁各家锁门之机，去地里摘那香瓜来吃，去谁家院里将桃杏装在背心兜里回来分红。自然少不了有那些青春妙龄的少男少女，则往往在台下混乱之中眼送秋波，或者就悄悄退出，相依相偎到黑黑的渠畔树林子里去了……

秦腔在这块土地上，有着神圣的不可动摇的基础。凡是到这些村庄去下乡，到这些人家去做客，他们最高级的接待是陪着看一场秦腔，实在不逢年过节，他们就会要合家唱一会乱弹，你只能点头称好，不能耻笑，甚至不能有一点不入神的表示。他们一生最崇敬的只有两种人，一是国家领导人，一是当地的秦腔名角。即使在任何地方，这些名角没有在场，只要发现了名角的父母，去商店买油是不必排队的，进饭馆吃饭是会有座位的，就是在半路上挡车，只要喊一声：我是某某的什么，司机也便要嘎地停车。但是，谁要侮辱一下秦腔，他们要争死争活地和你论理，以至大打出手，永远使你记住教训。每每村里过红白丧喜之事，那必是要包一台秦腔的，生儿以秦腔迎接，送葬以秦腔致哀，似乎这个人生的世界，就是秦腔的舞台，人只要在舞台上，生，旦，净，丑，才各显了真性，恶的夸张其丑，善的凸现其美，善使他们获得了美的教育，恶的也使丑里化作了美的艺术。

广漠旷远的八百里秦川，只有这秦腔，也只能有这秦腔，八百里秦川的劳作农民只有也只能有这秦腔使他们喜怒哀乐。秦人自古是大苦大乐之民众，他们的家乡交响乐除了大喊大叫的秦腔还能有别的吗？

1983年5月2日草于五味村

选自《贾平凹散文精选》

陕西人民出版社1992年版

作家的话 ◈

我欣赏这样一段话：艺术家最高的目标在于表现他对人间宇宙的感应，发掘最动人的情趣，在存在之上建构他的意象世界。硬的和谐，苦涩的美感，艺术诞生于约束，死于自由。

《静虚村散叶·〈浮躁〉序言二》

文学或多或少，或大或小，都是阐述着人生的一种境界，这个最高境界反倒是我们借鉴的，无论古人与洋人。中国的儒释道，扩而大之，中国的宗教、哲学与西方的宗教、哲学，若究竟起来，最高的境界是一回事，正应了云层上面的都是一片阳光的灿烂。

《坐佛·四十岁说》

评论家的话 ◈

贾平凹热爱艺术主要的并不是因为艺术具有一般的娱乐功能，不是因为艺术可以给予人以浅层的精神怡悦。贾平凹热爱艺术是因为只有艺术最便于伸展和泄导他的生命意识，使他得到生命体验。他是以生命体验拥抱艺术的。

《秦腔》一文以痛快、淋漓、充分、酣畅取胜。秦腔作为一种地方艺术，经贾平凹富于生命意识的笔一写，关于各种地理的、历史的、民俗性的因素，便以其生命遗传，化入它音符和形态的细胞中去了，使你确信，这种地方戏曲，有着最坚实的生命风骨和最深的根系，它是无论如何也不会消亡的。

费秉勋：《贾平凹论：论贾平凹的散文》

杨 炼
诺日朗①

　　杨炼，1955 年出生于父母出使的瑞士伯尔尼。1974 年到北京昌平插队，1977 年返城，考入中国广播艺术团创作室。插队时开始写诗，1977 年起发表诗作，是"朦胧诗"代表性诗人之一。20 世纪 80 年代中期起寓居海外。诗作主要有大型组诗《礼魂》《逝者》《自在者说》《与死亡对称》等。诗思华彩铺排，由各自自足而又相互整合的密集意象，构成人与自然、历史、现实的宏大的文化想象关系和空间。他从一开始就表现出对"史诗"式空间构架和"历史感"的重视。

---

　　① 诺日朗：藏语，男神。四川著名风景区九寨沟有一座瀑布、一座雪山以此命名，地处川、甘交界高原区。

一、日潮

高原如猛虎，焚烧于激流暴跳的万物的海滨

哦。只有光，落日浑圆地向你们泛滥，大地悬挂在空中

强盗的帆向手臂张开，岩石向胸脯，

苍鹰向心……

牧羊人的孤独被无边起伏的灌木所吞噬

经幡飞扬，那凄厉的信仰，悠悠凌驾于蔚蓝之上

你们此刻为哪一片白云的消逝而默哀呢

在岁月脚下匍匐，忍受黄昏的驱使

成千上万座墓碑像犁一样抛锚在荒野尽头

互相遗弃，永远遗弃：把青铜还给土、让鲜血生锈

你们仍然朝每一阵雷霆倾泻着泪水吗

西风一年一度从沙砾深处唤醒淘金者的命运

栈道崩塌了峭壁无路可走，石孔的日暮是黑的

而古代女巫的天空再次裸露七朵莲花之谜

哦，光，神圣的红釉，火的崇拜火的舞蹈

洗涤呻吟的温柔，赋予苍穹一个破碎陶罐的宁静

你们终于被如此巨大的一瞬震撼了么

——太阳等着，为陨落的劫难。欢喜若狂

二、黄金树

我是瀑布的神，我是雪山的神

高大、雄健、主宰新月

成为所有江河的唯一首领

雀鸟在我胸前安家

浓郁的丛林遮盖着

那通往秘密池塘的小径

我的奔放像大群刚刚成年的牡鹿

欲望像三月

聚集起骚动中的力量

我是金黄色的树

收获黄金的树

热情的挑逗来自深渊

毫不理睬周围怯懦者的箴言

直到我的波涛把它充满

流浪的女性，水面闪烁的女性

谁是那迫使我啜饮的唯一的女性呢

我的目光克制住夜

十二支长号克制住番石榴花的风

我来到的每个地方，没有阴影

触摸过的每颗草莓化作辉煌的星辰

在世界中央升起

占有你们，我，真正的男人

三、血祭

用殷红的图案簇拥白色颅骨，供奉太阳和战争

用杀婴的血，行割礼的血，滋养我绵绵不绝的生命

一把黑耀岩的刀剖开大地的胸膛，心被高高举起

无数旗帜像角斗士的鼓声，在晚霞间激荡

我活着，我微笑，骄傲地率领你们征服死亡

——用自己的血，给历史签名，装饰废墟和仪式

那么，擦去你的悲哀！让悬崖封闭群山的气魄

兀鹰一次又一次俯冲，像一阵阵风暴，把眼眶啄空

苦难祭台上奔跑或扑倒的躯体同时怒放

久久迷失的希望乘坐尖锐的饥饿归来，撒下呼啸与赞颂

你们听从什么发现了弧形地平线上孑然一身的壮丽

于是让血流尽：赴死的光荣，比死更强大

朝我奉献吧！四十名处女将歌唱你们的幸运

晒黑的皮肤像清脆的铜铃，在斋戒和守望里游行

那高贵的卑怯的、无辜的罪恶的、纯净的肮脏的潮汐

辽阔记忆，我的奥秘伴随抽搐的狂欢源源诞生

宝塔巍峨耸立，为山巅的暮色指引一条向天之路

你们解脱了——从血泊中，亲近神圣

四、偈子①

为期待而绝望

为绝望而期待

绝望是最完美的期待

期待是最漫长的绝望

期待不一定开始

绝望也未必结束

或许召唤只有一声——

最嘹亮的，恰恰是寂静

---

① 偈子：佛经中一种体裁，短小类似于格言，意译为"颂"。

五、午夜的庆典①

开路歌

领：午夜降临了，斑灿的黑暗展开它的虎皮，金灿灿地闪耀着绿色遥远。青草的芳香使我们感动，露水打湿天空，我们是被谁集合起来的呢？

合：哦这么多人，这么多人！

领：星座倾斜了，不知不觉的睡眠被松涛充满。风吹过陌生的手臂，我们紧紧挤在一起，梦见篝火，又大又亮。孩子们也睡了。

合：哦这么多人，这么多人！

领：灵魂战栗着，灵魂渴望着，在漆黑的树叶间找寻一块空地。在晕眩的沉默后面，有一个声音，徐徐松弛成月色，那就是我们一直追求的光明吗？

合：哦这么多人，这么多人！

---

① 本节采用四川民歌中"丧歌"仪式。

穿　花

诺日朗的宣喻：

唯一的道路是一条透明的路

唯一的道路是一条柔软的路

我说，跟随那股赞歌的泉水吧

夕阳沉淀了，血流消融了

瀑布和雪山的向导

笑容荡漾袒露诱惑的女性

从四面八方，跳舞而来，沐浴而来

超越虚幻，分享我的纯真

煞　鼓

此刻，高原如猛虎，被透明的手指无垠的爱抚

此刻，狼藉的森林漫延被蹂躏的美、灿烂而严峻的美

向山洪、向村庄碎石累累的毁灭公布宇宙的和谐

树根像粗大的脚踝倔强地走着，孩子在流离中笑着

尊严和性格从死亡里站起，铃兰花吹奏我的神圣

我的光，即使陨落着你们时也照亮着你们

那个金黄的召唤，把苦涩交给海，海永不平静

在黑夜之上，在遗忘之上，在梦呓的呢喃和微微呼喊之上

此刻，在世界中央。我说：活下去——人们

天地开创了，鸟儿啼叫着。一切，仅仅是启示

选自《朦胧诗选》

春风文艺出版社 1986 年版

作家的话 ◈

　　诗提供一个空间，这并不是秘密。……诗通过空间归纳自然本
能、现实感受、历史意识与文化结构，使之融为一体。在今天，人
类一直追求的理性与感性的自然契合，思辨与直觉的真正统一，也
为构造诗的空间提出了标准并要求赋予更大的智力。从空间的方式
把握诗，从结构空间的能力上把握诗的丰富与深刻的程序，正是我
们创作与批评的主要出发点。……智力的空间作为一种标准，将向
诗提出：诗的质量不在于词的强度，而在于空间感的强度；不在于
情绪的高低，而在于聚合复杂的智力高低；简单的诗是不存在的，
只有从复杂提升到单纯的诗：对具体事物的分析和对整体的沉思，
使感觉包含了思想的最大纵深，也在最丰富的思想枝头体现出像感
觉一样的多重可能性。层次的发挥越充分，思想的意向越丰富，整
体综合的程度越高，内部运动和外在宁静间张力越大，诗，越具有
成为伟大作品的那些标志。

《智力的空间》

评论家的话 ◈

　　这些意象繁复、密集的以演绎哲理、并试图通过对天人关系的
"明察"而达到超越天人界限的"智者的自在境界"的诗，实在过于
艰涩，即便有相当文化素养和读诗经验的人也会感到不堪忍受。并
且用诗来解说哲学观念、著作的可行性与必要性，也是一个尚值得
讨论的问题。……不过，如果不去紧紧追随作者的步伐，不以把握
作者建造的"智力空间"作为读诗的全部目的的话，我们也能从杨
炼对语言的明显装饰性创造中，在他的想象力和对感觉、理念的综

合能力中，感受到一种独特的情调与氛围，一种既悲壮又辉煌的
境界。

洪子诚、刘登翰：《中国当代新诗史》

作家的话 ◈◈

洪子诚、刘登翰：《中国当代新诗史》